Is Love the Answer?

Uta Isaki

Aus dem Japanischen von Cheyenne Dreißigacker

Is Love the Answer?

Inhalt

Kapitel 1	003
Kapitel 2	049
Kapitel 3	081
Kapitel 4	120
Kapitel 5	160
Kapitel 6	199
Nachwort	245

Wie es sich wohl anfühlt, jemanden zu lieben?
Chika.

Ich mag dich, Chika.
Willst du mit mir gehen?
...
Du magst mich ...?
Ähm, das ist ja nett.
Also ...
... ich mag dich auch, Kimijima.
Ja?
Was bedeutet es, miteinander zu gehen?
Wir sind doch schon beste Freunde.
Ändert sich etwas, wenn wir miteinander gehen?

Auf jeden Fall. Es wird alles viel besser!
Es wird tausendmal spaßiger und aufregender.
Ich will unbedingt mit dir zusammen sein, Chika.
...
Wenn das so ist...
... dann...
Dann gehen wir ab jetzt miteinander.

Kapitel 1

Kimijima
Jetzt sind wir Freund und Freundin! Bis morgen~☆
Ich freue mich.
Ich werde doch zu einer von ihnen, wenn ich mit jemandem gehe und lerne, ihn zu mögen, oder?
Echt? Du gehst mit Kimijima?!
Wow! Glückwunsch!
Damit haben wir so was von nicht gerechnet.
Stimmt!
Ja!
Ach so?
...
Hm?
Was...
... wenn es sich anfangs komisch anfühlt?
Tja...
Das kann schon sein. Ihr seid jetzt zusammen, du gewöhnst dich noch dran, seine Freundin zu sein!
Das wird klappen, immerhin wart ihr vorher gute Freunde.
Genau. Genau.

Ist es auch möglich, erst mit dem Beginn einer Beziehung Gefühle zu entwickeln?
Oh ja!
Bei Blinddates ist das ja auch so.
Okay.
Dann geb ...
... ich mir Mühe.
Verstehe.
Es ist normal, sich anfangs komisch zu fühlen.
Noch so unschuldig...
Hihi.
Ich erinnere mich noch an meinen ersten Freund...
Hey.
Hallo.
Hör mal.
Ja?
Du solltest als meine feste Freundin innerhalb von zehn Minuten auf meine Nachrichten reagieren, okay?
Gehört das dazu, wenn man zusammen ist?
Kann man so sagen.
Eine Stunde ignoriert zu werden geht gar nicht.
Ahahaha.
Genau eine Stunde, wieso das?
Hä? Weil das eben so ist.
Das ist halt normal, frag die anderen.
Aha...

Ich hab Kimijima gern.
Er ist witzig und...
... immer gut ge-launt.
Trotzdem kommt er mir...
80%
Freitag, 5. Juli
Wow, schon so spät.
... manch-mal wie ein Außerirdi-scher vor.
Gehen wir!
PACK
ZUCK
Hm...?

Diese Gedanken sollen aufhören.
Es kann nicht sein, dass ich Berührungen nicht mag.
Ich...
... wollte uns...
... doch eine Chance geben.
So, da sind wir.
Komm rein.

Was?!
RASCHEL
Halt.
Mom...
...
Nein!
RITSCH
Hey!
Warte!
Ich ... kann das nicht!

…
Uuh …
…
Was soll das?
Du bist doch meine feste Freundin.
Weißt du etwa nicht, was es heißt, zu deinem Freund mit nach Hause zu gehen?
…
…
Ahaha.
Das ist vergeudete Lebenszeit, die hat keine Ahnung von nichts.
So ein Alien.
Sie hört dich noch.
Ja, und?

So ist das also.
Ich bin hier das außer-irdische Wesen.
Was? Ihr habt euch ge-trennt?!
Nur weil du nicht mit ihm schlafen woll-test?
Ernst-haft?!
Vergiss den Arsch!
Wir finden einen Besse-ren für dich!
Gehen wir zum Karaoke und lenken dich mit etwas Party ab!
Ahaha...

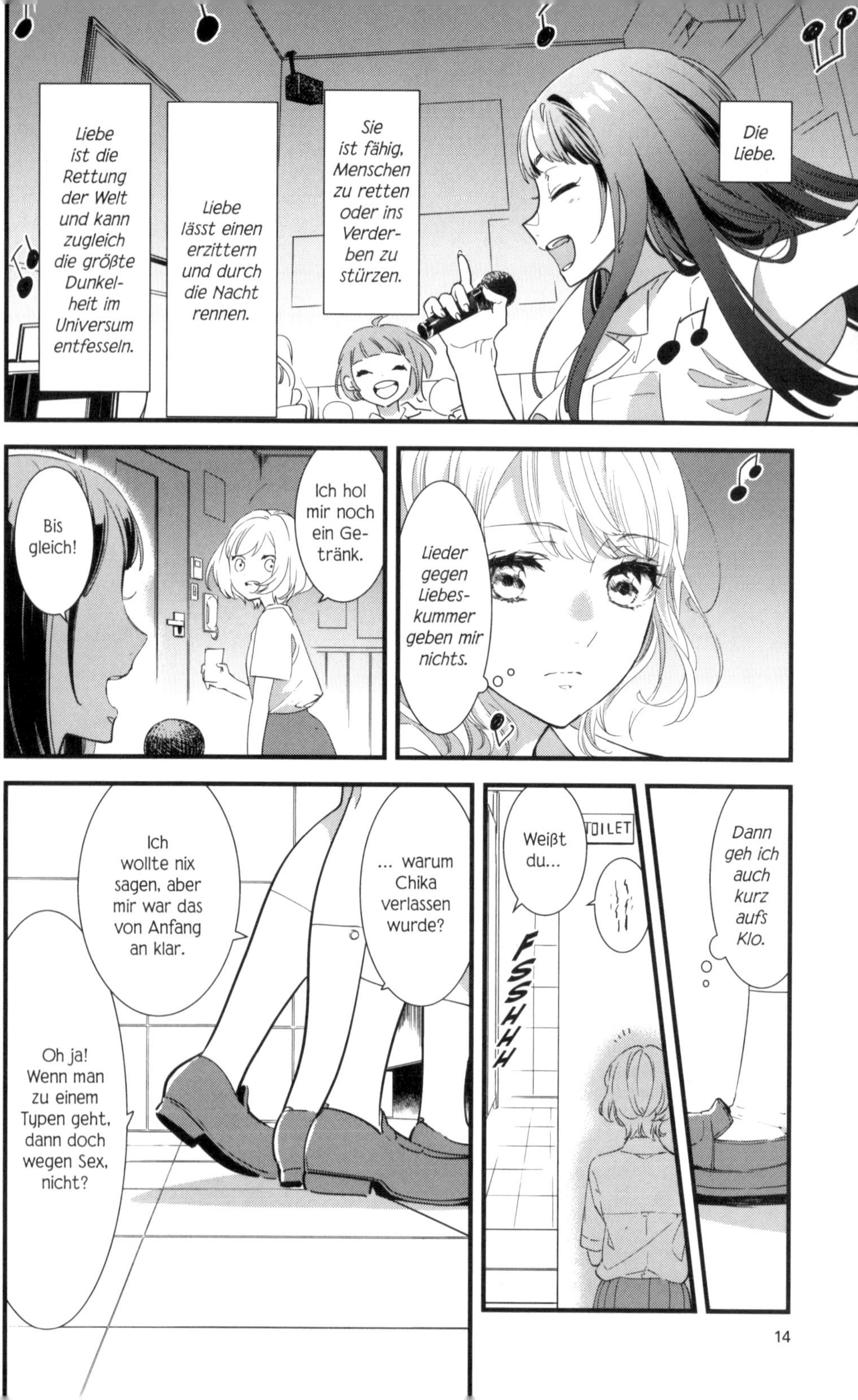

Die Liebe.
Sie ist fähig, Menschen zu retten oder ins Verderben zu stürzen.
Liebe lässt einen erzittern und durch die Nacht rennen.
Liebe ist die Rettung der Welt und kann zugleich die größte Dunkelheit im Universum entfesseln.
Lieder gegen Liebeskummer geben mir nichts.
Ich hol mir noch ein Getränk.
Bis gleich!
Dann geh ich auch kurz aufs Klo.
TOILET
Weißt du...
FSSHHH
... warum Chika verlassen wurde?
Ich wollte nix sagen, aber mir war das von Anfang an klar.
Oh ja! Wenn man zu einem Typen geht, dann doch wegen Sex, nicht?

Ich kann verstehen, wieso er aus allen Wolken gefallen ist.
Wie kann man so naiv sein?
Vielleicht hat sie es sich vor Ort anders überlegt?
Tja, dann wirst du hundertpro verlassen!
Sie ist ganz schön verklemmt, oder?
Jaaa.
Aber so was von.
Wenn sie das nicht ändert, wird sie als alte Jungfer sterben.
Das kann ich nicht zulassen. Ich werde ihr einen passenden Typen suchen!
Wie lieb von dir!
Na klaro. ♡
Du kümmerst dich um uns. ♡
Huch?
Oh!
QUIETSCH
Da bist du ja, Chika.
...
Alles okay?
Ähm...

Chika, warum so ein trauriges Gesicht?
WANK
Hm, ja...
Doch kein Getränk?
Hm?
...
Oh!
Was...
... ist passiert?
Sag schon!
...
Werde ich...
... mich jemals wie ihr ...
... verlieben können?
Ich pack das nicht ...
Doch, natürlich!
Schneller, als du denkst!
Meinst du?
Ja! Du hast nur noch nicht den Richtigen getroffen!
Den Richtigen?
Genau!
Du wirst ihn finden. Versprochen!

Es wird besser. Das wird klappen.
Du musst nur noch etwas Geduld haben und weitersuchen.
Wir sind's…
Was ist denn hier los?
Ich tröste Chika, sie hat 'nen kleinen Zusammenbruch.
Oh nein, Chika! Es ist echt schwer, oder?
KNUDDEL
KNUDDEL
Wir suchen dir einen besseren Typen als Kimijima!
Verstehe.
Es liegt daran, dass ich »ihn« noch nicht gefunden habe.
…
Ja.
Nur daran liegt es.

Das ist Uchida von der Higashi-Schule.
Äh.
Hallo.
Auch Ha...
... llo?
Also, Chika!
Ich sagte doch, ich such dir einen Neuen.
Wie?
Du sagtest aber nichts von heute ...!
Guck auf dein Handy!
Ähm ...
Oh.
Ich kann auch wann anders ...
Nein! Ihr geht jetzt in dieses Café!

Herzlich...
... willkommen!
Plauder
Plauder
Plauder
Plauder
...
Es tut mir so leid, dass du...
Entschuldige den Überfall.
Ich habe auch erst heute davon erfahren.
Ich weiß nicht genau, was jetzt passieren soll.
Immerhin ist das unsere erste Begegnung.
Mir geht es genauso! Ich weiß auch nicht...
So seltsam, oder?
Ich mag es nicht, so gehetzt zu werden...
Sie will ein Update zu unserem Date haben...
Ding
Ding
... und möchte lieber in meinem eigenen Tempo jemanden finden, den ich mag.

Das ist so wahr!
Erzähl mir mehr, Uchida!
Ahaha.
Ich lass dich dazu lieber reden und hör zu.
Solange ich dir gleich etwas über Filme erzählen kann.
Na klar! Erzähl mir alles!
Ob...
... er der Eine ist, weiß ich nicht...
... aber...
... er ist wirklich nett.
Es ist nicht schlimm, wenn ich mal später antworte.
Er ist schlau.
Er hat noch nicht versucht, mich zu berühren, obwohl wir uns schon zwei Mal getroffen haben.

Vielleicht werde ich noch Gefühle für ihn entwickeln...
... wenn wir uns weiterhin so treffen können?!
Das ist gut.
Alles ist gut.
HOHO CINEMAS
TICKET
Wartest du lange?
Ich bin etwas zu spät, sorry!
Hah Hah
Schon okay.
Ich hab die Tickets bereits.
Der Einlass beginnt, wir sollten los.
Ja...

Gehen wir?
SCHAUDER
ZUCK
Oh nein.
ERSTARR
Oh nein.
Er ist nicht Kimijima.
Er ist nett.
Er behandelt mich gut.

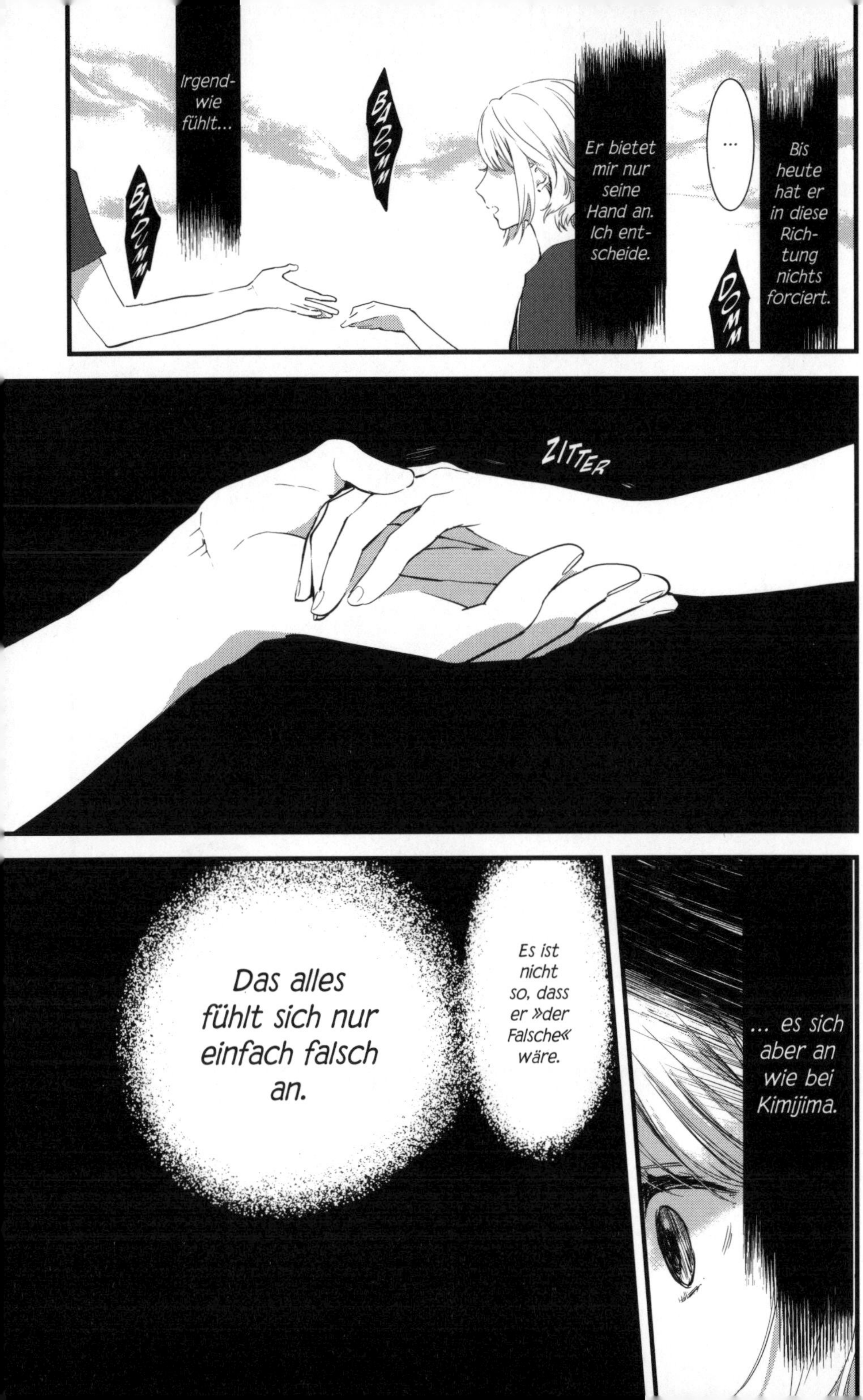
Bis heute hat er in diese Richtung nichts forciert.
DOMM
…
Er bietet mir nur seine Hand an. Ich entscheide.
BADOMM
Irgendwie fühlt…
BADOMM
ZITTER
… es sich aber an wie bei Kimijima.
Es ist nicht so, dass er »der Falsche« wäre.
Das alles fühlt sich nur einfach falsch an.

An Uchida
Hey, hast du Zeit zum Reden?
PLING
An Uchida
gelesen 21:30
Es tut mir leid. Ich glaube, ich bin noch nicht bereit für einen neuen Freund.
PLING
An Uchida
gelesen 21:31
Ich will nicht weiter dein Zeit verschwenden, we wir nicht beide das Gle wollen. Ich glaube, wi sollten getrennte Weg gehen. Entschuldige, wenn das egoistisch rüberkommt, weil ic für mich entschiede
KLICK
ZITTER
Hey, warte mal und überst jetzt nichts! Können wir uns wenigstens noch ein Mal treffen und darüber reden?
...

Für mich ist es in Ordnung, wenn du dich nur langsam verliebst.
Du hast noch nicht so viel Erfahrung mit Jungs, oder?
Ich werde auf dich warten, Chika. Bis du das Gleiche empfindest.
...
...
Hm.
Er will mir Zeit geben, aber...
... mit Aussicht auf »das« am Ende.
Es tut mir so leid.
Ich glaube, selbst mit Zeit werde und kann ich nicht...

PING
Wieso hat das mit Uchida nicht geklappt?
Weiß nicht. Hat nicht gepasst.
Wir haben uns so den Kopf zerbrochen. Wir dachten wirklich, er wäre genau dein Typ.
PING
Vielleicht hast du zu hohe Ansprüche? Man kann nicht alles haben.
Es wird nicht plötzlich ein Prinz auftauchen und dich mitnehmen.
Es liegt wohl an mir. Ich bin schuld.
Sorry.
Sorry.

Sie fragen alle nach dem Grund...
Ich weiß es doch selbst nicht.
Ein Alien.
KLONK
Ich muss ein Alien sein.
Kann mir nicht jemand beibringen...
... wie ich mich als Alien unter Menschen verhalten muss?
Bei Romantik.
In Liebesdingen.
Oder am besten generell bei Zwischenmenschlichem.
April
RATTER
RATTER

Ich habe mir eine Universität in Tokyo ausgesucht.
Hier lehrt eine Professorin, die ich verehre, im Fach meiner Wahl.
Eröffnungszeremonie geschafft.
LABER LABER
Später geh ich noch ein bisschen bei den vielen kleinen Läden am Bahnhof gucken.
Oha.
QUETSCH
Vor lauter Leuten ist der Ausgang fast nicht zu sehen.
Hey, Mädels!
Habt ihr schon mal Cosplay probiert oder mögt ihr Anime?
Hm?
Ah, die AGs werben neue Leute an...
HIBBEL HIBBEL
SCHIEB SCHIEB
...
Ich habe noch gar keinen Kopf dafür, mich zu entscheiden...
Geld hab ich auch keins...
Sorry, kann ich mal...
Hey, du da! Warte mal!

Bist du ein Ersti?
Er...
Äh...
... hat...
Du bist niedlich.
Wir sind eine Alles-ist-möglich-AG.
Magst du Halloween in Shibuya feiern?
Ähm.
Meine Hand ...
SCHOCK
Mir wird schlecht.
Aus dem Weg.
ぼす
TOCK

Wurde dir nicht mitgeteilt, nur in den dafür vorgesehenen Bereichen für die AGs Leute anzuwerben?
Professor. Daran hält sich doch keiner. Wieso krieg nur ich Ärger?
Ich ermahne alle.
Du bist der Zwölfte heute.
Du, Ersti. Nimm das und komm mit.
FWOMP
Uff!
TAPP
TAPP
TAPP
Hier entlang.
Äh...
Also...
Hat sie mir...
... gerade aus der Patsche geholfen?
STOPP

UMDREH
Oh, entschuldige.
?!
Hätte ich das nicht tun sollen?
Hm?
Du sahst etwas unglücklich aus in der Situation...
... aber vielleicht habe ich mich geirrt.
Du kannst noch zurück, wenn du...
Nein!
SCHÜTTEL
Vielen Dank für die Rettung!
SCHÜTTEL
Ah, okay.
Ein Glück.
Die Papiere gehören in die Recyclingtonne.
Außer dir ist das unangenehm mit mir geseh...
Was?! Nein!
Ich fahre gerne mit Ihnen Bus!
Sie ist irgendwie außergewöhnlich ...
VRMM
Danke dir. Musst du auch zum Bahnhof?
Ja.
Wir können den Bus zusammen nehmen.
Ähm ...
Sie lehren an der Uni?
Genau.
Ich heiße Ishii.
VROMM
Wie bitte?!

Ich arbeite im Fachbereich Psychologie.
Heute ist es ganz schön heiß.
RASCHEL RASCHEL
Hm?
...
Äh.
Glaubst du mir nicht? Ich habe einen Uni-Ausweis.
SUCH
SCHOCK
Also sind Sie die Shinobu Ishii...
... die das Buch »Aufbruch der gegenwärtigen Psychologie« geschrieben hat?
Da.
Fachbereichsausweis
Shinobu Ishii

Oh, du kennst es? Danke sehr.
ZITTER
Ich bewundere Sie so sehr!
Oh?
Also, ich...
... habe die Universität nur wegen Ihres Seminars ausgewählt!
Jetzt ist nicht der Zeitpunkt, um dich für das Seminar zu bewerben.
D... Das meinte ich damit nicht!
Verstehe.
Du bist aus Shizuoka hierhergezogen?
...
Ja.
Das erste Mal allein zu leben ist befreiend, oder?
Du hast bestimmt viele Pläne für diese Zeit.

Mit Freunden die Nacht zum Tag zu machen oder auf Reisen zu gehen.
Oder vielleicht einer AG beizutreten.
...
...
Na ja...
Ich...
... will nur studieren.
... Tja.
So kommst du nicht ins Seminar.
Nein, nein. Nicht so. Ich meine das total ernst!

Ich...
... habe Angst.
Vor den Dingen in der Welt, die ich nicht verstehe. Das macht mir Angst.
In diesem Moment ...
... konnte ich nicht anders.
Welche Dinge verstehst du nicht?
An einem neuen Ort...
... mit meinem Vorbild direkt vor mir...
Zum Beispiel ...
... dass...
... sprudelte es...
... einfach aus mir heraus.

Wenn du dich mit einem Jungen triffst, denkt er, dass er eine Chance bei dir hat.
Es ist unfair, ihm falsche Hoffnungen zu machen.
Okay. Das darf ich nicht.
Ich nehme die Pille, weil er Sex ohne Kondom haben will.
Wie romantisch!
Das soll Liebe sein?
Sie ist zwar hässlich, aber mit geschlossenen Augen geht's schon.
Sexualtrieb und Liebe sind zwei verschiedene Dinge?
Ich bin in zwei Personen verliebt, was mach ich nur?
Ich habe mit jemandem auf der Arbeit geschlafen.
Die Norm.
Ich möchte berührt, geküsst und umarmt werden.
Weihnachten allein sein geht gar nicht!
Ich steh nicht auf die »Guten«.
Wer auch immer gerade da ist.
So wie alle.
Ich hätte so gern ein Geschenk von ihm.
Liebe hilft dir zu wachsen.
Nur ein Mal will ich mit ihm schlafen.
Das weiß jeder.
Ich will beliebt sein
Das bin nicht ich.
Es ist, als würde ich die anderen auf der Erde vom All aus beobachten.
Die Welt...
... beinhaltet unzählige...
... Normalitäten...
... mit denen ich...
... überhaupt nichts anfangen kann.

...
Ich...
... habe mich noch nie in jemanden verliebt und...
... ich habe keinerlei sexuelle Bedürfnisse.
Ich ergebe gar keinen Sinn, oder?
...
In der Abizeit ...
... hatte ich einen Freund, aber es wollte einfach nicht klappen.
Ich verstehe nicht, wieso es bei mir nicht funktioniert.

Deshalb will ich...
... endlich verstehen, was die anderen...
... darunter verstehen, »normal« zu sein.
Darum bin ich nach Tokyo gekommen.
Bringen Sie mir bitte alles über die Menschen bei!
...

...
はっ
HUFF
Oh nein. Oh nein!
...
Ich hab's vermasselt! Sie hat mir nur eine einfache Frage beim Smalltalk gestellt und ich habe ihr meine Lebensgeschichte erzählt.
Was denkt sie jetzt nur von mir?
Wie kann man nur so was fordern? »Bringen Sie mir bei, normal zu sein«?!
Am Ende denkt sie jetzt auch, dass ich seltsam bin...
ぎゅっ
KNEIF
Also...

Du verstehst das Konzept romantischer Liebe nicht und bist deshalb an die Uni in den Fachbereich Psychologie gekommen, um es näher zu erforschen?
Kann man das so sagen?
...
...
Ähm...
Ich weiß nicht, ob es das ist.
Liebe sollte schön sein ...
... aber für niemanden so etwas zu empfinden, ist nicht normal. Denn alle anderen können...
Und du kannst dieses Gefühl nicht verstehen?

Wieso ist das denn nicht in Ordnung so?
Wieso möchtest du dich zwingen, etwas zu fühlen, das sich für dich nicht gut anfühlt?
Wie mit den AGs vorhin.
Es gibt Leute, die mögen das total, und andere wiederum nicht.
Wenn sie Leute gegen ihren Willen in die AGs drängen, ist das eine Art der Belästigung.
Mit der Liebe ist es das Gleiche.

Ist es für mich in Ordnung, für immer in diesem Zustand zu bleiben?
?
Welcher Zustand?
Na ja...
Mich nicht in andere zu verlieben.
Falls du jemanden magst, kann daraus Liebe werden. Wenn sich nichts entwickelt, ist das auch in Ordnung.
Was?!
Wirklich? Das ist okay so?!
Genau.
Warum sollte es das nicht sein?
...
Es ist egal.
E... Egal?
egal
schnurz
Ich benutze ungern solche Termini wie »normal«, um etwas einzuordnen.
Diese Wörter sind viel zu schwammig und nur eine subjektive Wahrnehmung.

Du möchtest hier studieren, richtig?
Was ist schon »normal«? Was ist allgemeingültig?
Du solltest die Dinge eher in Frage stellen, als Antworten zu erwarten.
Willkommen an der Universität.
Das wird schon. Ich bin sicher...
... dass du viel Spaß beim Lernen haben wirst.

Wie kann das sein?
Ihre Worte...
... habe ich noch nicht ganz verstanden...
... und doch...
...
»Du musst dich nicht verlieben.«
... fällt mir ein Stein vom Herzen.
Ich versuch's.
Ich...
... habe auch...
... nicht unbedingt ein sexuelles oder romantisches Verlangen.

Ich verliebe mich nicht in andere und habe keine ausgeprägte Libido.
Ah.
Auch wenn das nicht unbedingt auf dich zutreffen muss.
Du wirst mit Sicherheit deine eigenen Gedanken dazu haben und Antworten darauf finden.
Nächster Halt: Tani-Bahnhof.
BREMS
Oh, wir sind schon am Bahnhof.
Steigen wir mal aus.
TAPP

Der Supermarkt ist gleich da drüben.
Ich wohne dort in dem seltsamen Gebäude.
Es wird von allen nur das Ufo-Haus genannt.
Also...
Oh!
KLAMMER
Moment!
Dürfte ich Sie dahin begleiten?!

In diesem Frühling...
... konnte ich zum ersten Mal richtig atmen.
So fühlte es sich an.

Is Love the Answer?

Kapitel 2

Is Love the
Answer?

KLAPPER
Pass auf, da ist eine Stufe.
Danke!
Hier, nimm die Hausschuhe.
Okay.
KNARZ
?
QUIETSCH
QUIETSCH
SCHLAPP
SCHLAPP
QUIETSCH
TAPP

Ein ganz schön al-tes Haus, was?
Wie?
Oh, aber es hat etwas ganz Eigenes an sich.
Ach ja?
Wenn das so ist...
KLACK
Bin wieder zurück.
SCHNARCH
Ah, er schläft.

Ihre Familie ist da?
Nein.
Das Haus ist so riesig. Ich habe eine WG daraus gemacht.
Eine WG?
Wie modern.
Hey, Ume.
Wenn du pen-nen willst, mach das in deinem Zimmer.
Hnnng.
Ver-geudete Mühen.
Ignor-rier ihn einfach.
SCHNARCH
O... Okay.

Bitte schön.
Also.
Was liegt dir auf dem Herzen?
TOCK
Oh!
Genau!
Also...
STAMMEL
Äh...
Ich...
... möchte mich selbst...
... besser verstehen.
Das solltest ...
... du von jetzt an Stück für Stück erreichen können.
...

Wenn...
... ich nur wüsste, wie das heißt, was mir fehlt... Dann könnte ich mit mir und der Situation viel besser klarkommen.
Ich bin keine Ärztin.
Und du bist keine Patientin.
Wissen Sie...
... denn genauer, was mit mir los ist?
Wenn Sie es wissen, sagen Sie es mir bi...
Mann!
Was soll der Lärm?
Wer ist da bei Ihnen, Profes-sor?
Oh!
C—

…
Hey, Ume.
Du sollst hier nicht dein Nickerchen machen.
Jaja. Wer ist die denn?
GÄHN
Eine Erstsemesterin.
Du hattest zwar vorher schon immer welche, die dir nachdackeln, aber der Eröffnungstag an der Uni ist mit Abstand dein Rekord.
…

Du platzt hier einfach rein und lamentierst lautstark rum.
Also? Wer bist du genau? Und was hast du hier zu suchen?
...
Ich...
Ich suche nur Rat ...
Ich dachte ...
... sie kann mir vielleicht dabei helfen, mich besser zu verstehen...
Solltest du das nicht allein rausfinden?
Immerhin scheinst du schon erwachsen zu sein.

Oder bist du etwa noch ein hilfloses Kind?
Ich...
... sollte gehen.
ぱっ
SWUSCH
Warte...!
Wie heißt du...?
TAPP TAPP TAPP
Du weißt nicht mal ihren Namen?
Typisch.

RENN
KATSCHAK
BAMM
Warum...
SRRRT SRRRT SRRRT SRRRT
... musste er mich...
... an meinem ersten Tag so bloßstellen?
KULLER
...
Ich habe vergessen, Abendessen zu kaufen.
SCHNIEF
STARR
Hey!

Du bist doch auch bei den Geisteswissenschaften, oder?
Ah, ja.
Hast du dich schon eingetragen?
Noch nicht…
Wollen wir zusammen Kurse belegen?
Hey, hey!
Ich hab noch jemanden dabei!
Ähm…
Setz dich zu uns.
Kursübersicht
Wie heißt du?
Ähm, Chika Hanai.
KLAPPER

Ich heiße Nakagawa.
Ito.
Nenn mich Enomoto!
Ich bin Sawai.
Es gibt nicht viele in unserem Bereich.
Deshalb wollten wir dich gleich kennenlernen.
...
Das freut mich!
Also.
Hihihi.
Wenn wir dieselben Kurse wählen, können wir unsere Notizen miteinander teilen. ☆
Klar, oder?
Wahaha!
...
Schauen wir am besten nach Kursen ohne Anwesenheitspflicht, hehe.
Oh, ja!

Ach so.
Alle wollen lieber Spaß haben und Kurse schwänzen...
will eigentlich so viele Kurse wie möglich besuchen
Habt ihr euch entschieden?
Ja.
Das Curry soll hier superlecker sein. Guten Appetit!
Juchu!
Seid ihr alle in AGs?
Ich bin im Anime-Club.
Ich will in die Film-AG.
Ich muss arbeiten und hab leider keine Zeit.

Gibst du viel Geld aus?
Hmmm... Schon. Dates sind nicht günstig...
Wow!
PRUST
Wie, hast du eine Freundin, Ito?
Aus Tokyo?
Nein, bei mir in der Heimat.
Oh, eine Fernbeziehung...
Mit Lichtgeschwindigkeit zum romantischen Part...
Für mich wär das ja gar nichts auf die Ferne.
Deshalb jobbst du also.
Hä?
Ich würd mich lieber trennen, wenn wir uns nicht regelmäßig sehen könnten.
Echt?!
Und du, Chika? Was sagst du zu Fernbeziehungen?
Ähm.
SCHLUCK
Also...
...

Kurseinschreibung
Ablauf
Fachbereich Psycholo
Was ist Psychologie?
Psychologie beschre
Das Ziel des Studiu
Während der Unte
...
Übersicht der Psychologieku
Einführung klinische Stu
Der Kurs wird untersuchen, w
verschiedene psychologische
die Verbindung zwischen den
as Ziel ist es, Verständnis fü
achverhalte und umfangreic
akzeptieren.
Ich...
... habe mich noch nie verliebt...
... und werde es, glaub ich, auch nie tun...
Deshalb habe...
... ich ...
... keine Ahnung.
Ja...
...
Ooh!
Echt jetzt?
So was gibt's wirklich?
ZUCK

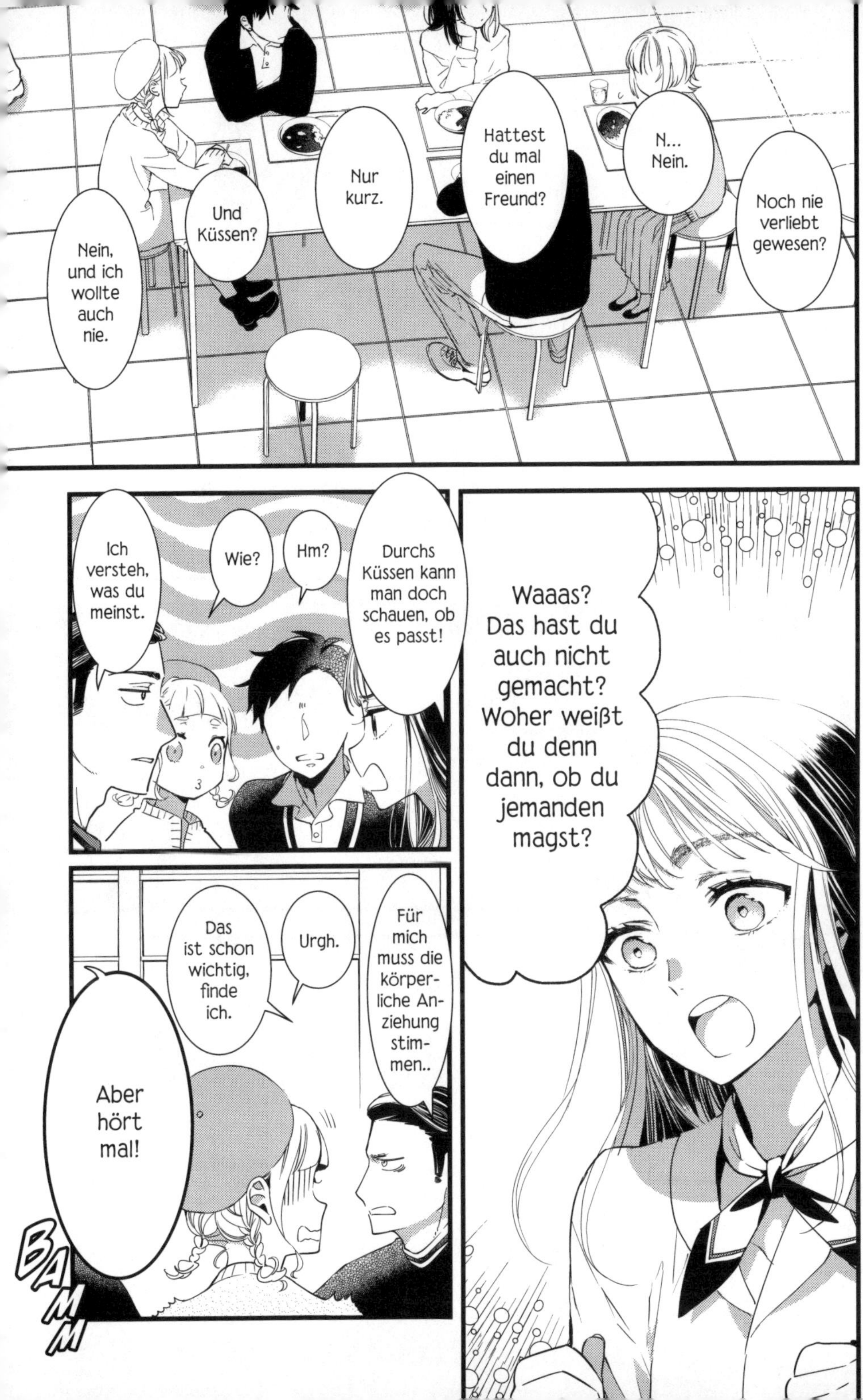

Noch nie verliebt gewesen?
N... Nein.
Hattest du mal einen Freund?
Nur kurz.
Und Küssen?
Nein, und ich wollte auch nie.
Waaas? Das hast du auch nicht gemacht? Woher weißt du denn dann, ob du jemanden magst?
Durchs Küssen kann man doch schauen, ob es passt!
Hm?
Wie?
Ich versteh, was du meinst.
Für mich muss die körper-liche An-ziehung stim-men..
Urgh.
Das ist schon wichtig, finde ich.
Aber hört mal!
BAMM

Du konntest noch gar keine Gefühle und so entwickeln, weil du immer viel zu früh aufgegeben hast! Du musst länger durchhalten!
Das ist so schade!
Meinst...
... du?
Ah.
DRIP
Diese Reaktionen.
Wie in der Schulzeit.
Beziehungen sind auch nichts für mich. Ich bin lieber Vollzeit-Fan.
Oh, von einem Idol?
Hihihi, na ja ...
Ob es jetzt ein fester Freund oder ein Idol ist, du schwärmst auf jeden Fall für jemanden.
Jemanden Berühmtes anzuhimmeln ist eine Form von Ersatzliebe, oder?
Ähm ...

Vielleicht hast du ein Trauma erfahren?
Eines, das dich der Liebe hat abschwören lassen.
Wenn du dich dem stellst, wirst du vielleicht in der Lage sein, dich zu verlieben, hm?
Vielleicht wäre eine Therapie was für dich?
... Denkt er...
ドロ
TRIEF
ドロ
... ich hätte psychische Probleme?
ドロ
TRO··PF
»Du musst dich nicht verlieben.«

Ähm, also…
KAWAMM
Kl
ACK
KATSCHACK

Ihr widert mich an.
Gebt im Plauderton einfach eure Vermutungen über einen anderen Menschen zum Besten.
Ich muss kotzen.
WAMM
Ume.
Geh sorgsam mit den Tabletts um.
Ja, 'tschuldigung.
RAUN
Das ist doch...
... der von gestern...?
Was hat der denn?
Aber echt...
MURMEL

Hach...
Das war so klar.
Nur weil das hier die Uni ist...
Ich dachte halt, dass Psychologiestudenten anders wären...
... verstehen mich die anderen nicht automatisch.

»Du wirst das ganz alleine rausfinden.«
...
Es tat weh...
... als die anderen sich einfach ein Urteil über mich gebildet haben.
Doch von der Professorin wollte ich ein Urteil einfordern.
»Solltest du das nicht selbst rausfinden?«
Ich hatte Angst.
...
Und doch war ich überzeugt davon, ihr vertrauen zu können, das richtige Urteil zu fällen.

KLACK
Curry
Ramen
KNARZ
Sorry, wir haben geschlossen.
Tsk.
Ähm...
Danke für vorhin!
Für deine Hilfe...
Ich habe dir nicht geholfen.
Deren Gelaber ist mir auf den Sack gegangen.

Ich...
... hätte gern etwas gesagt...
... aber habe mich nicht ge- traut.
Deshalb haben deine Worte...
... mir geholfen.
Weißt du...
Normalerweise wären andere an deiner Stelle sauer auf mich, weil ich eine net- te Mittagsrunde gestört habe.

...
Was ist schon normal?
Ich versteh's einfach nicht.
»Jeder normale...
... Kerl würde...«
»Mitsuru...«
Mir geht's genauso.

Wie kommst du eigentlich drauf, dass es nur eine korrekte Antwort gibt?
Die sexuelle Orientierung ist so vielfältig und wandelbar.
Ist doch in Ordnung, wenn du es noch nicht genau weißt.
Wahrscheinlich eine der Minderheiten.
Eine der Minderheiten?
Klar hilft es, wenn man eine klare Bezeichnung hat, aber...
...
Was genau meinst du?
Müssen wir bei den Basics anfangen?! Ich meine damit die verschiedenen sexuellen und geschlechtsspezifischen Minderheiten.

Lies ein Buch.
Und verschwinde endlich.
ぽーい
SCHWUPPS
Geschlossen wegen Reinigung
TOCK
...
Geisteswiss.
Kommen Sie rein!

Einführung zu
LGBT
Der Weg ab hier
Coming Out
Einführung in Gender Studies
Sexuelle ...
... Minderheiten ...
... und Orientierung.
»Vielfältig und wandelbar«...
Es gibt wohl noch mehr Menschen wie mich...
... die nicht verstehen...
... was mit ihnen los ist, und alle haben andere Sorgen.
Ich bin nicht allein damit.
SWUSCH

…
So viele leuchtende Sterne.
Ich muss aufhören, die Meinung anderer über mich anzunehmen, und stattdessen selbst nach mir suchen.
Es gibt unendlich viele Möglichkeiten für mich, wie Sterne am Nachthimmel.

Dieses Licht wirkte auf mich...
... wie ein Kompass am Firma-ment.
Ein leuchten-des Ufo?
...
Das ist es!

Guten Abend.
DING DONG
Entschul-
digen Sie
die späte
Störung.
KATSCHACK
Hallo?
Oh,
du bist
es. Von
gestern
...
Ich
bin die
Psycholo-
gie-Erstse-
mesterin
Chika
Hanai.
Kann
ich...
... auch
mit in Ihre
Wohnge-
meinschaft
ziehen?

Als kleines Mädchen mochte ich einen Magical-Girl-Anime.
Mama, Mama!
Kaufst du mir das?
Was, noch eins?
Letztens hat mir Mina ein Magical-Girl-Buch gezeigt. Jetzt will ich auch eins mitbringen.
Na gut.
Nur wenn du auch lernst, okay?
TAPP TAPP
Mina, guck mal, was ich hier hab!
Waaas? Du magst das immer noch, Chika?
Magical Girl Rosette
Als Grundschülerin ist es nicht normal, so eine Babyserie immer noch zu gucken!

Was?
Der Manga hier ist viel cooler! Den musst du lesen!
Mögen den alle?
Ja! Jedes Mädchen in der Klasse liest den.
Blade King
Was wünschst du dir zum Geburtstag, Chika?
Eine Nintendo Wii?
Die Konsole allein nützt dir nichts.
Ohne die Spiele.
Welche wünschst du dir?
Was für welche magst du?

Ich...
... möchte die haben, die alle anderen...
... gerne spielen.
Nicht auffallen.
Um nicht ausgelacht zu werden.
Durchschnittlich sein.
Ich muss mich so verhalten, dass es für andere normal ist.
Als Kind war für mich das Wort »normal«...
... wie ein Fluch.

Kapitel 3
Einziehen?
Kein Problem.
Haha, ist das alles, was du besitzt?
Kannst du's dir denn leisten?
Echt jetzt?!
Warum so überrascht?
Äh!
Nein.
Also, ich hatte mit einem Nein gerechnet.
Ich habe nur was für eine Nacht dabei.
Ich habe einen Monatsvertrag bei meiner Unterkunft.
Mhm, verstehe.

Stimmt ja. Du hast letztes Mal so schnell das Haus verlassen, ich hatte gar keine Chance, dir dieses Buch auszuleihen.
Oh?
Magst du es lesen? Es beinhaltet vielleicht die gesuchten Antworten auf deine vielen Fragen.
Ich hab's gelesen.
Ist eine Empfehlung.
...
Ähm...
Leider ungern.
Ich habe mir heute Bücher aus der Bibliothek ausgeliehen.
RASCHEL
Ich...
... würde dieses hier erst nach den anderen lesen.

Das ist gut.
Hier geht's zu deinem Zimmer.
Da ist das WC.
Da ist das Bad.
Okay!
Das ist der Schlüssel.
Dann eine gute Nacht.
KATSCHACK
...
STILLE

Huch!
Das hat erstaunlich gut geklappt mit dem Einzug!
Ein Bett und ein Tisch sind auch da.
UMGUCK
Dann werde ich wohl mal lesen.
FWIPP
Bevor du hier etwas über LGBTQ lernst, solltest du einen Selbsttest machen.
Dabei geht es um deine Geschlechtsidentität. Als was identifizierst du dich?
Es geht also nicht um mein biologisches Geschlecht, sondern darum, als was ich mich fühle …?
Männlich
Weiblich
Ähm …
Männlich
Weiblich
SKRIT
So ungefähr.
Oder?
Männlich
Weiblich
Als beides, Mann und Frau
Weder als Mann noch als Frau
Aha. »Geschlechtsneutral« kann also mein Gefühl zwischen einem Mann und einer Frau bezeichnen, oder wenn ich mich als keines von beidem empfinde.
Hmm… Ich fühle mich irgendwie als Frau, aber auch irgendwie geschlechtslos.
Ich habe mich noch nie zuvor so intensiv mit mir selbst beschäftigt.

Ich wurde als Frau geboren und bin deshalb davon ausgegangen, dass ich mich als Frau empfinde.
Ich kam nicht mal auf die Idee, dass es anders sein könnte.
Die sexuelle Orientierung.
Welches Geschlecht findest du anziehend?
Nächste Frage.
Ich finde weder Männer noch Frauen anziehend.
Romantische Gefühle? Sexuelles Verlangen?
Oh, das ist…
»Wenn du auf jemanden stehst, dann willst du doch auch Sex mit ihm haben?«
Das haben sie damals zu mir gesagt.
Aber wie danach hier gefragt wird… Kann es sein, dass romantische Gefühle und sexuelle Anziehung verschiedene Dinge sein können?!

Wow, okay. Ganz langsam.
Heißt das etwa, dass es Leute gibt, die sich verlieben, aber keinen Sex haben wollen?
Das ist ja krass.
Wie logisch...
Das wusste ich nicht!
Hast du darüber nachgedacht, mit einem Mann intim zu werden?
Hast du darüber nachgedacht, mit einer Frau intim zu werden?
Hast du dir mal Körperkontakt mit einem Mann ohne sexuelle Hintergedanken vorgestellt?
Hast du dir mal Körperkontakt mit einer Frau ohne sexuelle Hintergedanken vorgestellt?
Fühlst du dich sexuell von Männern angezogen?
Fühlst du dich sexuell von Frauen angezogen?
Hattest du mal romantische Gefühle für einen Mann?
Hattest du mal romantische Gefühle für eine Frau?
Hast du dir mal vorgestellt, in einer romantischen Beziehung mit einem Mann zu sein?
Hast du dir mal vorgestellt, in einer romantischen Beziehung mit einer Frau zu sein?
Nichts davon...
... trifft auf mich...
... zu...
Was ist gemeint mit Körperkontakt ohne sexuelle Interaktion?
Umarmen?
Hände-schütteln?
Fertig.
FLIPP
...
SSST

Das Ergebnis deiner sexuellen Orientierung:
Du hast eine Tendenz zur Asexualität.
SWISCH
Eine Tendenz ...
... zur Asexualität?
BLÄTTER
Was bedeutet Asexualität?
Asexualität kann alle Geschlechter betreffen. Als asexuell wird häufig das Fehlen von sexuellem Verlangen nach einer anderen Person und/oder das Fehlen des Wunsches nach realen sexuellen Handlungen bezeichnet.
Asexuelle Personen?

Asexuelle Personen...
... haben häufig kein oder nur ein geringes Verlangen nach sexueller Intimität mit anderen Personen, egal welchen Geschlechts.
Sie sind eine Untergruppe der LGBTQIA+* und machen weltweit circa ein Prozent der Bevölkerung aus.
* Ein Überbegriff für sexuelle Minderheiten. Er ist aus dem Englischen entlehnt und steht für: Lesbian, Gay, Bisexual, Transgender, Queer oder Questioning, Intersex, Asexual. Das »+« steht für weitere sexuelle Orientierungen.
...
...
...

Ist das...
... die Antwort?
BADUMM
Kann das sein?
BADUMM
Kein seltsames Gefühl dabei.
BADUMM
Es trifft alles auf mich zu.
Ist es das Gleiche...
... bei Ume und der Professorin?
...
KLAPP

Quellen: Ishida, Hitoshi: A Beginner's Guide to LGBTQ: The Basics to Current Trends.
Decker, Julie Sondra: The Invisible Orientation: An Introduction to Asexuality.

FWUPP FWUPP
Oh! Was sagen denn die anderen Bücher zu dem Thema?
hat mehrere gekauft
Hä? Da steht nix!
Ich dachte, Asexualität wäre eine der großen Minderheiten?
Das wär doof formuliert. Große Minderheit, haha.
3 Bücher später
Da steht zwar was über Asexualität, aber nur in einem Satz.
Das ist eine ganz schön dünne Datenlage.
Dann...
Hmmm.
... habe ich nur die eine ausführliche Erklärung aus dem ersten Buch.
Darauf kann ich vertrauen, oder?
...

Wenn das auf mich zutrifft...
... und ich das bin...
Ob das die anderen über-zeugt?
Lassen sie mich dann mit Tipps zu Liebesbe-ziehungen in Ruhe?
Bezeichnen sie mich dann nicht mehr als verklemmt oder als Alien?
Oder sagen, dass ich zur Therapie gehen soll...?
...
STRECK
Genau. Ich mach das für mich, um mich selbst zu verstehen.
Wobei ich mich gar nicht wie eine sexuelle Minderheit fühle. (Kann man das fühlen?)
Puuh.
POFF POFF
Stopp, nicht in diese Richtung denken.
Nicht an die anderen denken.
RATTER

Das ist noch zu wenig für eine Entscheidung.
Ich darf nicht das Erstbeste annehmen. Sonst passiert es wieder.
Die Informationen reichen noch nicht aus, um sicher zu sein.
Wenn ich nach ein paar weiteren Büchern noch mehr Infos brauche, leihe ich mir das von der Professorin aus.
SCH
RECK

ZUNG
Argh!
Bin ich eingeschlafen?!
Oh nein!
Ich war einfach platt von dem ganzen Input.
ZWITSCHER
Oh Mist!
Am ersten Unitag?!
ZWITSCHER
TAPP TAPP
WA
Ey!
Was?!
Etwa ins erste Zimmer?!
Oh, ja!
Was machst du hier?!
Sorry! Tatsächlich zieh ich hier ein.
Danke für die Begrüßung!

Nicht dein Ernst...!
Was ein Abfu...!
VERBEUG
VERBEUG
Oh, verdammt. Ich komme zu spät zur Uni. Ich stelle mich später noch mal ordentlich vor!
SWUSCH
Mor-gen...
Huch, was ist denn hier los?
STOLPER
Professor!
Hm?
SCHIEB
SCHIEB
Hah, gerade so ge-schafft.
90-mi-nütige Kurse sind so lang...!
So müde...

Was ist mit dem Mittagessen?
Von meinem Platz aus konnte ich die anderen von gestern sehen.
...
Heute lieber nicht.
Ich hol mir was beim Kiosk und geh dann zur Bib.
Ich hab noch das gleiche Outfit wie gestern an...
Chika!
ZUCK

Hey!
Isst du was zu Mittag?
Ähm...
Ah, hör erst zu.
Es sind nur wir beide!
Können wir über gestern ...
... reden?
Lieber nicht hier, sondern ...
... irgendwo, wo wir sitzen können?
KRIEH
Wow, hier ist es aber schick und ruhig.
Äh...
Es tut uns leid!
BEUG

Was die anderen beiden gestern gesagt haben...
Wir hät-ten sie stoppen sollen.
Tut mir leid, dass ich nichts gemacht habe.
Ob man jemanden mag oder nicht mag ...
... das geht niemanden etwas an außer die Person selbst.
Ich weiß, wovon ich spreche ...
Trotzdem konnte ich aus Angst aufzufallen gestern nichts sagen.
Ich wollte nicht auch zu ihrem Ziel werden.
Ziel?
Ah.
Ja.

Zum Beispiel, dass ich es mal mit einer Frau probieren soll. Ich könne ja bi sein oder so.
So was, was sie dir halt auch vorgeschlagen haben, nur andersherum.
Wie arrogant ist das, bitte? Dann sollen sie gefälligst auch mal mit Leuten ihres Geschlechts ausgehen. Sie können es doch auch nicht wissen!
Du und ich, wir müssen es nicht ausprobieren, um zu wissen, dass es nicht klappen würde.
Ähm ...
Ohh.
Als du von deiner Fernbeziehung gesprochen hast...
Ja...
Hier wisst nur ihr beiden Bescheid.

Ich habe lange niemanden gefunden, bis ich ihn durch eine Dating-App kennengelernt habe.
Wir sind auch nicht gleichaltrig. Da dachte ich, dass sowieso alle dagegen sein würden…
Ich hatte einen Kumpel, der Verständnis zeigte…
»Cool! Das freut mich für dich.«
Er meinte, er ist schwul.
Was?
Ja, Mann.
… und der mich dann, ohne mit der Wimper zu zucken, vor den anderen outete.
Sollen wir ihm ein Date mit einem burschikosen Mädel besorgen?
Wir könnten ihn auf den Geschmack bringen.
Was meint ihr
Damit konnte ich gar nicht umgehen.
ERSTARR
Darum hab ich diese Universität der daheim auf dem Land vorgezogen.
Erkenntnis
…
Ich wollte dir auch noch was sagen!
Hey, ihr!

Es hat mich wütend gemacht, als die anderen sagten, ich würde meinen Otaku-Lifestyle nur als Liebesersatz betreiben!
Für mich ist mein Interesse an Charakteren oder Idols nicht immer gleich romantischer Art!
»Wie eine Ersatzbeziehung, stimmt's?«
»Oh, ahahaha…«
Der Moment.
Für was interessierst du dich denn, Enomoto?
Danke, dass du fragst!
Für diesen Fall habe ich immer etwas bei mir. Liebe Chika, lass mich dir zeigen, was dir bisher entgangen ist!
TSCHACK

RSCHL
Mangabände?
Liest du gerne? Das ist ein Shonen-Titel.
Oh, kann ich mir die ausleihen?
SCHRECK
Ich habe noch mehr zu Hause.
Sind das etwa die, die ich dir eben zurückgegeben habe?
FLÜSTER
Ja, klar?
Meinst du nicht...
?
Was für eine Serie wird das...
RASCHEL
Nanu? Das ist aber ein dünner Band.
Oh.
Ist das eine Filmwerbung?
Wir haben keine Zukunft (18+)

* jap. Bezeichnung für im Selbstverlag erschienene Druckwerke wie Fanfictions und Manga

* jap. Bezeichnung für weibliche Fans von fiktionalen Werken, die sich mit der romantischen Beziehung zwischen männlichen Protagonisten beschäftigen

Meine Sorgen sind wahrscheinlich ganz andere als die von euch zweien, aber...
... ich kann nicht mit jedem über meine Leidenschaft reden, und das Urheberrecht ist auch noch so eine Sache.
Daher bin ich mir bewusst, dass mein Hobby nicht gerade normal ist.
Trotzdem...
Mayuri.
Ist die Zeichnung von dir?
Oh nein.
Du willst doch Psychologie studieren, um Schulpsychologin zu werden?
Lernst du auch fleißig dafür?
Wir zahlen nicht die Unigebühren, wenn du deine Zeit hiermit verschwendest!
Was?!

Der hier ist noch in der Mittelstufe, oder?
TIPP TIPP
?!
Denkst du an so was bei Mittelstufenschülern?
Was? Nein!
Wie willst du mit solch verqueren Gedanken Schulpsychologin werden?
Aber…!
Du hörst mit dem Mangazeichnen sofort auf.
Hä?
Du musst für die Uni lernen.
Ich will, dass aus dir eine anständige Erwachsene wird.
Danach gab's einen ziemlich heftigen Streit mit meinen Eltern.
Und ich habe mich um ein Stipendium für die Uni gekümmert.
Ich will mich nicht zwischen meinem Hobby und meinem Traumberuf entscheiden müssen.
Durch die Figuren und ihre Gefühle in den Manga wollte ich Menschen besser verstehen lernen.
Ich kann weder das eine noch das andere aus meinem Leben streichen.

Ich wollte auch eine sehr lange Zeit ändern, wer ich eigentlich war.
Das habe ich 18 Jahre lang versucht. Jetzt habe ich damit aufgehört.
Auch wenn es jede meiner Entscheidungen beeinflusst.
Es wurde einfach ein Teil von mir.
Geht mir genauso!
...
Ich ging extra auf eine bestimmte Schule, weil die Schuluniform in den Farben meines Lieblingscharakters design war.
Äh...
SWUSCH
Ups, wir sind vom Thema abgekommen.
Du hast gestern mit den anderen in der Runde etwas preisgegeben, das dir schwergefallen sein muss. Das fiel mir erst später auf.
Ich hätte in dem Moment anders reagieren sollen.

Ich hätte signalisieren sollen, dass ich dich verstehen will, Chika.
Und dass du uns mehr darüber erzählen kannst.
Sie kam gestern kreidebleich nach dem Mittagessen zu mir.
Also wollten wir unbedingt noch mal mit dir die Mittagspause verbringen.
Ja, genau.
…
Heute früh haben wir dich nicht gefunden. So ein Schreck!
Ja.
Oh…

Es...
Es tut mir leid!
Huch?
Ich...
... war so mit mir selbst beschäftigt.
Ich habe nicht darüber nachgedacht, dass die Worte von gestern auch euch zwei getroffen haben könnten.
Ich...
... hätte genauso etwas sagen müssen und mich wehren sollen.
Ich...
... verstehe mich noch nicht gut genug, um es anderen zu erklären.
Ich bin so unsicher.
Auch wenn es um mich geht, habe ich keine Ahnung, und das ist ganz schön anstrengend und ich weiß nicht weiter.

Deshalb brauche ich noch etwas Zeit, um mich besser zu verstehen.
Ich hoffe, ihr wartet auf mich. Bis ich es euch auch erklären kann.
...
KNURR
GRINS
...
Lasst uns reinhauen.
Mein Magen knurrt schon.
Ja!
...
Ähm...

Ja?
Diese Doujinshi...
Also...
Gibt es da auch welche ohne explizite Szenen?
Ja, natürlich! Das ist sogar die Mehrheit!
Wenn man es so will.
Das heißt ...
... es könnte Doujinshi zu einer Serie namens...
... »Magical Girl Rosette« geben?
Was? Auf jeden Fall! Dazu gibt's eine riesige Fanbase!
Und sehr viele Regalreihen!
Regale ...?
Ich kenn die Serie nicht, aber mein Freund hat die komplett auf DVD.
Echt?!
Gibt es vielleicht lustige Doujinshi davon?
Wir müssen zusammen nach Akihabara!
Außerdem...
... würde ich gern einen deiner Doujinshi lesen.
Was?!
Geht das nicht?
...
...
Ich such dir etwas Harmloseres raus.
Juchu!

In der Dunkelheit des Alls...
... dachte ich, dass die Erde der einzige Planet wäre.
Ich kann jetzt mehr erkennen.
Jeder hat sein Päckchen des Lebens abseits der Norm zu tragen.
Das »Normale«, dem ich als Kind nacheiferte...
... findet sich wohl nirgends.
Jeder lebt auf seinem eigenen Planeten.
Doch wir können durch Kommunikation wahres Verständnis erlangen.

Ich konnte es lange nicht sehen, aber...
... das Licht der Sterne erstreckt sich ins Unermessliche.
KLACK
...
Ich bin's. Chika. Bin wieder da.

Ey, du da.
ZI
NG
Die sich das erste Zimmer unter den Nagel gerissen hat!
O...je.
Hoppla.
Wir hatten kurz disku-tiert am Morgen, oder?
Ich habe leider noch kein Begrü-ßungsessen organisieren können, sorry...
So was inte-ressiert mich doch nicht!
Ich hab das Zimmer vorne schon vor langer Zeit reserviert, sobald es frei werden sollte!
Wie konntest du dich vordrängeln und es vor mir bekom-men?!
Ferris ist immer in dem Zimmer!
?
Ferris?
Die Katze vom Prof!
Ferris schläft nur in diesem Zimmer!

Miau
E... Eine...
Eine Katze inklusive?!
Die habe ich gar nicht bemerkt...
Hapü...
Oh nein.
Was? Kann es sein, dass du heute früh sauer wegen des Zimmers...
... und nicht wegen meines Einzugs warst?
Ein Glück.
Hä?!
Ich dachte, du kannst mich nicht ausstehen.
...
Das kommt noch dazu!
Ich bin im dritten Zimmer.
Das ist jetzt deins!
Aber die Professorin hat mir das hier gegeben...
Mir doch egal!
Z Z Z

Schau, Ferris fühlt sich wohl mit mir.
Wie süß!
(Klappe.)
Nicht dein Ernst!
Wir klären das jetzt!
Hier kann ich es schaffen.
In Tokyo, wo sich alle von ihren verschiedenen Planeten versammeln.

Ich hatte vielleicht einfach Glück.
Das nahm ich an.
Ich bekam einen Rat.
Jemand war streng mit mir.
Die anderen möchten mich besser kennenlernen.
Doch vor allem...
... kann ich jetzt einen Blick auf meinen Weg zu mir erhaschen.
Is Love the Answer?

Das kam aus meiner Heimat Aomori an.
MAGICAL GIRL ROSETTE
Schauen wir sie uns an?
Die DVD-Box von Magical Girl Rosette.
Au ja!
Wow, er hat's dir ausgeliehen?
Jap.
Wie cool! Danke fürs Fragen!
Er hat sie zusammen mit anderen Sachen geschickt. Kein Ding.
Die Box sieht so süß aus!
Wo sehen wir sie uns an? Bei wem?

Büro
Du möchtest Freunde aus der Uni zu uns einladen?
Hier, der Schlüssel.
Nutz ruhig den Kinoraum dafür.
Was?!
Sie könnten bis spät in die Nacht bleiben.
und vielleicht laut sein.
Der Raum ist isoliert, keine Sorge.
Können wir da drin auch essen?
Es gibt keine Regel, die es verbietet.
Räumt nur wieder auf.
...
Donuts
DVD Box
Schoki
Chips
Spaß~!
Anime-Marathon, let's go!
2L-Flasche
Wasser
Danke schön!
Übertreibt es nicht, ja?
Ihr seid gut vorbereitet...

Kapitel 4

Wir versammelten uns im Kinoraum.
UMGUCK
Dieser Raum hier ist ja heftig! Wie viel das ganze Haus wohl gekostet hat...?
Es wurde anscheinend bei einer Auktion vor Gericht versteigert. Ich starte, okay?
Das Animationsstudio kenne ich nur zu gut, hach.
FRRT
Wie früher!
So ein süßes Opening!
Die Bewegungen, wow!
TADA
Cornette ist meganiedlich. Mein Liebling!
MAMPF MAMPF
...
Sie hat viel Backstory.
Verehrte Lady!
Das ist höchst unangebracht!
GLUCK
So geht das nicht. Ich werde es immer wieder sagen!
Mir doch egal.

Wieso bist du so, Sebastian?!
BADUMM
Damit ich Sie aus der ersten Reihe aufwachsen sehen kann.
Das ist der Sinn meines Lebens.
...
Wie liebevoll.
Folge 27
Weil ich fest an dich glaube...
Ernsthaft?! Jetzt kommt noch ein Girls-Love-Twist rein!
Lass das!
Krass!
Sei leiser.
Letzte Folge
Uhhh...
SCHNIEF
Buhu-huuu...
Was für ein unglaublicher Anime...
Er ist wie eine Schatzkiste. Gefüllt mit Träumen und Hoffnung.
UWÄÄÄH!

Wie konnte es sein, dass Rosette die menschliche Form des Mementos des Gegners war?
RABÄH! RABÄH!
Die Screenwriter sind wahrhaftige Teufel.
Zum Glück wurde es ein Happy End!
SCHNIEF
SCHNÜFF
Was, schon 4 Uhr?!
Hunger!
Auf zum Kiosk? Bewegen und beruhigen.
Ganz leise.
TIPPEL
KNARZ
KRIEK
FWUSCH
あ!
Oh, windig.
FWOOOH
...
Es wird schon hell!
»Du bist doch keine Grundschülerin mehr?«
»Guckst du diese Serie immer noch?«
»Ich wünsche mir das...
... was sich alle wünschen.«

* jap. Bezeichnung für die Darstellung der (sexuellen oder romantischen, expliziten oder impliziten) Anziehung zwischen Frauen

Oh?
Ups.
Sorry, ich war abgelenkt.
Es passiert, dass man anders über Dinge aus der Kindheit denkt, wenn man älter wird.
So vom Gefühl her.
Oh...
...
FWOOH
Episode 5...
Wie der Butler sich um Cecil sorgt, das fand ich schön...
...
BA DUMM
Aha, der Butler also?
Oh...
Ich kann's nachvollziehen.
Ich dachte mir schon, dass du ein Rund-um-Typ bist.
Interessant!
Der mit viel Erfahrung in Sachen Romantik. Gute Wahl!

Rundum-Typ?
Wenn man alle Charas mag.
...
Nanu?
BADUMM
Moment.
BADUMM
Welchen...
... Charakter mag ich denn im Moment?
Er ist ein...
... ausgedachter Animecharakter...
... und ich mag ihn?
BADUMM
BADUMM
BADUMM
...
Mögen wie gern haben...?
Ich würde sagen, ich mag Enomoto und Ito...
... aber das Gefühl für den Butler ist anders?
Ist das etwa Liebe?
Oder sogar sexuelle Anziehung?
ZUNG

Ich...
... habe keine Ahnung!
Wie kann ich das nicht wissen?!
Hilfe!
ZZZ
HAP
ÜH
RSCHL
Asexualität wird als eine Unterkategorie des Ace-Spektrums verstanden.
Hier auf der Website steht etwas zu Asexualität.
Vielleicht steht da was Neues.
Unter dem Begriff »Ace« können folgende Orientierungen aufgeführt werden:
Ace
• Asexuell
• Demisexuell
• Graysexuell
• Lithsexuell
etc.

* in Japan verwendeter Begriff, um einen psychologischen Zustand zu beschreiben, in dem die Gefühle einer Person verblassen, sobald klar ist, dass diese erwidert werden, ganz als ob die andere Person sich plötzlich in einen Frosch verwandelt hätte

Quelle: Nijiiro Gakko (https://www.nijikou.com)

…
Ein psychisches Verhaltensmuster, das sich verändern kann.
…
Ferris…
STREICH
Streichelt die Luft
AUFSETZ
Mist.
KLOPF
KLOPF
KLOPF
Ähm, entschuldige.
Es ist noch früh, aber…

BAMMM
Meister Ume!
Ich brauch deine Hilfe, bitte!
KRIEK
DRÜCK
Bleibst du wohl draußen, Streuner!
ARGH
Ich pack mit an!
Ich hab morgen Frühdienst, geh weg!
Ich muss im Garten...
Nein!
KRIEK
KRIEK
Mein Preis ist Ferris. Wenn du den Raum mit mir tauschst, denk ich drüber nach.
Ähm... Das ist... Das...
Ferris wohnt im ersten Raum
Das geht nicht! Der Preis ist zu hoch!
Du bist unmöglich!

SPLISCH
Und?
Was ist jetzt los?
SPLISCH
Bleib schön in Bewegung dabei, ja?
KNIBBL
Okay...
KNIBBL
Es ist so...
... ich scheine eine bestimmte Person zu mögen. Denke ich jedenfalls.
Doch ich kann dieses Gefühl nicht ein-ordnen. Ob es sexueller oder roman-tischer Natur ist.
Oder keines von beidem...

Es gibt ja auch Leute, die asexuell sind und sich trotzdem verlieben. Oder Personen, die ein sexuelles Verlangen verspüren, ohne aber wirklich Sex haben zu wollen.
GÄHN
Ich weiß.
Darüber habe ich online gelesen.
Aber...
... es gibt Menschen, die sich zu anderen hingezogen fühlen und keinen Sex haben wollen. Die sind aber nicht unbedingt asexuell, oder?
Ich könnte genauso gut demisexuell oder in einer der Grauzonen sein und mich einfach noch nicht verliebt haben.
Ich habe auch was über das Kaeruka-Syndrom gelesen.
Es könnte etwas Psychisches sein, das mithilfe von Therapie behandeln werden kann.
Sachen gibt's...

Was, wenn ich mich in einem Zustand befinde...
... der mit einer Hypnosetherapie behandelt werden könnte...?
ZUPF
ZUPF
ZUPF
Ein Kommilitone...
RUPF
... meinte doch zu mir, ich bräuchte vielleicht nur eine Therapie. Du hast das doch auch gehört, oder?
RUPF
Und wenn er damit recht hat, was dann?
RUPF
ZPF
Ich wusste ja nicht mal, dass ich asexuell bin.
Was, wenn ich es gar nicht wirklich bin...
ZPF

»Asexuell«.
Dieses eine Wort war mein Rettungsring.
Doch plötzlich habe ich eine Empfindung für jemanden, die ich nicht ganz verstehe.
Ein undefiniertes Gefühl.
Ist es in Ordnung, dieses Gefühl zu ignorieren und mich weiterhin als asexuell zu sehen? Auch wenn es um Anziehung geht?
Ich bin verwirrt.
Ich dachte, ich wäre mir selbst etwas nähergekommen.
Doch ich verstehe immer noch nur Bahnhof.
Wie soll ich sicher sein...

SPRITZ
Hey! Ah, ha...
SPLISCH
Halt! Hör auf damit!
SPLISCH
Boah, ey.
Ich sagte, du sollst was lesen.
Es war nicht die Rede vom Zerdenken.
Beruhig dich.

Wenn der Begriff »asexuell« sich jetzt gerade richtig für dich anfühlt, dann bleib einfach dabei. Das ist okay.
Außerdem hab ich keinen Bock mehr auf das Thema. Kann ich frühstücken gehen?
Was?!
Warte, Meister Ume!
»Jetzt gerade«?!
Das heißt, ich kann meine sexuelle Orientierung eben mal so aussuchen wie die Geschmacksrichtung eines Onigiri?!
Nenn mich nicht so!
RATTER
Da seid ihr ja.
Tu deine Wäsche in die Maschine.
Und diese Socken kommen auch mit rein, klar?
Hm, okay.

Miya ist zurück. Wir essen den Kuchen, den er mitgebracht hat.
Wollt ihr auch?
Miya?
Wer ist das?
Mein Ehemann, rechtlich gesehen.
Wie...?

Wie bitte?!
Puh, da bin ich wieder. Das ist für dich.
Danke. Magst du einen Kaffee?
Gerne.
?!
Oh, sind nicht noch deine Kommilitonen aus der Uni da? Weck sie mal, dann essen wir zusammen.
I... Ich... Okay?
Ähm...
gerade-aufge-weckt worden
Setzt euch.
Dan-ke.
Wie lief die Konfe-renz?
Mein indisches Englisch ist ganz schön eingeros-tet.
Ahaha.

Und, schmeckt's?
Klebrig süß.
ZUCK
Ich hab den Nachtisch gekauft, bei dem man am wenigsten den Geschmack erraten konnte.
Um was damit zu bezwecken?
Das Offensicht-liche ist zu langweilig für das Leben.
Buhu.
Nicht beim Essen...
Äh.
Also...
Ich wusste gar nicht, dass Sie verhei-ratet sind, Professor.
Ähm, wie haben Sie beide sich kennengelernt und sind zum Paar gewor-den?
...

Wir waren noch nie ein Paar.
...
Oh?
Eine arran-gierte Ehe?
Nein, nein.
Miya ist ein en-ger Freund und Kollege von mir.
Da wir beide sonst nieman-den haben, dachten wir, warum nicht, und haben das bürokra-tische Zeug erledigt.
Es wurde dann eine eingetra-gene Part-nerschaft.
So war das.

Hach, das ist schon 20 Jahre her.
Ahaha.
Miya spuckte plötzlich aus dem Nichts Blut.
Was?!
Oh nein, was ist los?
BÖRKS
Da wir nicht bluts-verwandt sind, durfte ich nicht mal mit ins Kranken-haus.
»Als Singles werden wir im-mer Schwierig-keiten haben.«
Deshalb schlug ich diese Zweck-gemeinschaft vor, als ich ihn schließlich besuchen konnte.
»Ich habe zwar keinerlei romantische Gefühle für dich, Miya, aber du bist mir mein engster Freund und Kollege. Lass uns heiraten.«
»Wir lassen uns natürlich schei-den, sobald sich einer von uns ernsthaft verliebt.«
Eine ...
... Schein-heirat also...
Findest du?
Es gibt kein Gesetz, das besagt, dass man als Ehepaar Sex haben muss oder sich lieben sollte.
...
Wir leben immerhin unter einem Dach.
Auch wenn er immer sechs Monate weg ist.
Tja, die Chance, dass ich mich in Miya ver-liebe, ist gegeben, aber...
... sie geht gegen Null.
Ahahaha.
Das Kom-pliment gebe ich zurück.
Wahaha.

STAUN
…
…
Ent-täuscht?
Ich dachte nicht, dass Sie verheira-tet sind, Professor.
BA DUMM
!
Ich nehme mich selbst als jeman-den wahr, der sich zu niemanden hingezogen fühlt.
Das würden andere wohl als asexuell bezeich-nen.

Ich wusste das schon ziemlich früh.
Um die Zeit als ich 16 Jahre alt war.
Ich hatte kein Verlangen nach Sex und verstand nicht, was romantische Gefühle sind.
Ich identifiziere mich als geschlechtslos.
Deshalb hat es mich nie aus der Bahn geworfen.
Doch meine Lebensweise trifft nicht unbedingt auf alle asexuellen Personen zu.
Es gibt auch Asexuelle, die ein geregeltes Sexleben haben.
Es ist ein Spektrum, auf dem sich die Leute bewegen.
Manche sagen einem, wenn man Sex hat, könne man ja gar nicht asexuell sein.
Deshalb gibt es wieder andere, die sich ganz offen asexuell verhalten, um so etwas nicht vorgehalten zu bekommen.

Manche verheimlichen sogar, dass sie sich selbst befriedigen...
... weil sie keine Bemerkungen zu ihrer Sexualität hören wollen.
Sie wollen von Ihresgleichen und der Gesellschaft als asexuell akzeptiert werden.
Damit sie nicht zu hören bekommen, dass sie nur vorgeben, asexuell zu sein. Als Ausrede dafür, dass sie es mit dem Sex nicht hinbekommen. Oder schlimmer noch, dass das alles ja nur ein LGBTQ-Trend ist.
Hm?
Wer sagt so was?
...
Wie kann das...
... aber ...
Schon okay.
Du musst dich nicht dem allgemeinen Konzept von Asexualität unterwerfen.
Wenn du dich so fühlst, bist du asexuell.

Bedenke immer, du musst niemandem beweisen, dass du asexuell bist.
Du musst dich nur für deinen Weg entscheiden. Dafür, was sich gut für dich anfühlt.
So sehe ich das.
Es ist schon wichtig, andere aufzuklären.
Das folgt auf die Erkenntnis.
Wie man mit Hatern umgeht.
Oje.
Und es geht los...
Ich...
... war so froh über meine Antwort.
Hab ich mich in diese Antwort reingesteigert?
Sodass ich mich nicht mehr verlieben oder Sex haben muss und niemanden mögen muss?

Viel-leicht...? Nein, so ist das nicht.
TOCK
Ich bin...
Ich würde niemals mein Onigiri essen, ohne vorher zu wissen, was drin ist.
Kannst du etwa alles essen, ohne es vorher zu checken?
Worum geht's gerade?
Privat-sache.
Du hast meine Worte nur zusammen-gefasst, Ume.
So niedlich, haha.
Klap-pe!

Stimmt! Ich habe bis jetzt ...
... höchstens mal mein Onigiri mit Thunfisch oder Lachs gegessen.
...
Was?
Das hat doch damit nichts ...
Unser Geheimnis.
Menno!
Das war toll.
Sorry, dass ihr in so ein Gespräch verwickelt wurdet.
Quatsch, das hilft mir auch.
Ahaha.

Ich mochte Sally, eine von den Antagonistinnen im Anime.
Irgendwie.
...
Hm?
Oh, Themenwechsel?
Es passiert mir manchmal...
... dass ich Frauen anziehend finde.
Oh?
Ach, was ich dich gestern gefragt hatte? Wie kommst du jetzt drauf?
Na ja.
Ich hab's zuerst nicht gesagt, weil es sich nicht schwul genug anfühlte.
Wa ...?!

Was meinst du denn damit?!
Wieso ...?
Weil...
... also ich...
Hatte noch keine Freundinnen, mit denen ich die Nacht durchgemacht habe.
Das war so toll.
Ich dachte, wenn ich es euch sage, ändert das vielleicht etwas an unserer Freundschaft.
Darum habe ich kein Wort rausbekommen.
...
Also bist du auch ein Stück weit bisexuell?
Prust!
So einfach ist das nicht...
Oh!
Sorry!
Das war gedankenlos. Du musst nicht drüber reden oder antworten, wenn du nicht willst.

Puh.
Ne, schon gut. In der Vergangenheit fand ich Frauen ab und zu attraktiv, aber...
... ich bin schwul.
Jedenfalls fühlt es sich so an.
Ganz sicher?
Nicht zu hundert Prozent.
Aber wie unser Prof sagte, es ist etwas, das wir entscheiden.
Ich stehe auf andere meines eigenen Geschlechts.
Doch manchmal wage ich mich darüber hinaus.
Das ist wohl dieses Spektrum, von dem wir sprachen.
Stimmt, das gibt es. Und man selbst entscheidet, was oder wie viel davon auf einen selbst und die eigenen Vorlieben zutrifft.

Ich kann nicht vorhersehen oder kontrollieren, was andere über mich denken. Aber ich nehme mich selbst als schwul wahr.
Falls ihr euch unwohl mit mir fühlt, weil ihr mich als bisexuell anseht, dann sagt es und wir treffen uns nicht mehr.
Ito, du willst aber doch mit uns befreundet sein, oder?
NICK

Wo ist denn dann das Problem?
Es ist ja nicht so gewesen, dass ich eine coole Nacht hatte und mich drauf eingelassen habe, nur weil du schwul bist!
Es liegt an dir. Ich vertraue dir als Person, Ito!
...
Ich...
... wollte schon immer einen richtigen Kumpel haben.
Ich will, dass du mein bester Kumpel wirst, Ito!
NICK NICK
Kumpel...
Wie in der Grundschule?
Das ist klasse!
Ich will auch eure Kumpeline sein!
Was?
Nice, beste Kumpels!

Gehen wir zum Karaoke!
Ein Spa-Wochenendtrip!
Ans Meer müssen wir auch!
Grillen!
Ski!
Wir fahren zusammen zu mir nach Aomori!
Jippie!
Los, Lagebesprechung!
Hopp, Hopp!
Lagebe...!?
Wie?
Hier.
SCHIEB
O... Okay.
...
Hihihi...
Was machen wir hier nur?
BOFF
Tja.
Wir sind aufgedreht vom Abend ...
Hihi.
...
Ich...
Hm?
... habe mich entschieden.

Ich bin asexuell.
Asexualität, das ist es.
Auch wenn da noch andere Dinge möglich sind.
In einem Jahr denke ich vielleicht anders darüber.
Aber im Hier und Jetzt fühlt sich das richtig an.
Das tue ich gerade nur für mich. Für niemanden sonst.
Ich gehe dem nach, was **ich** mir wünsche.

Und all das bedeutet...
SCHNIEF
... asexuell zu sein?
Ja.
Wie schön.
Ja.
Glückwunsch.
Chika.

Is Love the Answer?

Mit deinen Fertigkeiten bist du für etwas Größeres bestimmt!
Komm an unsere Schule!
FWISCH
Ihr habt nicht mal genügend Geld in den Kassen der Sportclubs. Hau hier ab.
Wir dagegen haben die besten Trainer und Voraussetzungen!
Sei mein Teampartner!
SWUSCH
Mit dir an meiner Seite schaffen wir es in die Landesmeisterschaften!

…
Du, Enomoto.
Hm?
Deine Mangaempfehlung…
Oh.
Da bist du.
… ist der Hammer!
Ja, oder?!
Ich habe absolut keinen Plan von der Sportart, aber…
… es ist so intensiv, wenn sie sich entscheiden müssen, hng!
Oh, ja!
Und wie das eine Liebeserklärung an der Stelle war!
Wobei …
… ich es null romantisch finde.
Er sagte: Du bist Mein!
Und das mit dem Teampartner. Von wegen.
Ich kam beim Lesen kaum drauf klar. Ich bin fast gestorben!
Oha.
KICHER
KICHER
…
TAPP
TAPP
TAPP

Wah!
DOS
CH
Autsch ...
Ent-schul-dige, geht's dir... ?!
Oh.

Kapitel 5

Ich...
... habe mit Sawai geschlafen. Direkt nach dem ersten Tag...
SCHNÜEF
SCHNÜEF
Bitte, hört mir zu...
Wie bitte?!
Doch heute habe ich gesehen, wie er eine andere umarmt und ihre Hand gehalten hat.
Wir haben uns gegenseitig immer wieder besucht.
... halt.
Irgendwie...
Was? W... Wie ist das denn...?
Ähm, okay?
Irgendwie...?

Ich bin ihnen zufällig über den Weg gelaufen.
Ich habe an Ort und Stelle Schluss gemacht und bin geflüchtet.
Was auch sonst ...?
zu viel zwischenmenschliche Information
Chika, entschuldige.
Hä?
Warum?
»Hast du mal über eine Therapie nachgedacht?«
Ja...
Sawai ist so der Typ, der sagt, was er denkt. Egal wie es ankommt.
Wie bei unserem Mittagessen letztens...
Hm, aber ...
... irgendwie...
... was du übers Küssen gesagt hast, war auch...
... nicht in Ordnung.

Jemanden zu küssen, um herauszufinden, ob ich denjenigen mag...
... fühlt sich falsch an.
Wenn ich jemanden mag und dann das Bedürfnis habe, ihn zu küssen... Das ist der richtige Ablauf.
Jedenfalls für mich.
Ey!
ZUCK
Hey, da bist du ja. Ich will mit dir...
Oh!
FRRT

TAPP TAPP TAPP
Hey!
Bleib stehen!
... Verdammt.
Hah.. Hah..
SRRT
Mist ...
Oje.
SCHLUCK
Er bleibt.
Worüber hat sie gesprochen?
...
SQUI
Wusst ich's doch!
Das andere Mädel war nur etwas traurig und ich hab den Tröster gespielt.
EK

...
Umarmen und Händchen halten ist also kein Betrug?
Wie denn auch? Es ist erst schlimm und Betrug, wenn ich keine Gefühle mehr für sie habe.
Dann ist es für dich okay, mit jemand anderem Sex zu haben?
Moment.
Da kann man nichts machen. So bin ich gestrickt.
Sexuelle Anziehungskraft und Gefühle sind zwei verschiedene Paar Schuhe.
Mit jemandem ins Bett zu steigen ohne Gefühle ist leichter, als man denkt.
...
Hm.
Wahrscheinlich schon.
Das Buch erwähnte so was...
Hä...?
Was?
Hm?
Hältst du mir jetzt keinen Vortag, dass ich das Arschloch bin?

Haha.
Nein, werde ich nicht.
Ich habe nicht genug Erfahrung in Sachen Liebe.
...
Ha, also hast du dich tatsächlich noch nie verliebt?
Echt jetzt?
Jap. ...
Er macht sich lustig.
Hm, okay.
sind bereit, ihn umzutacklen, sobald er was Falsches sagt.
...
Hey.
Sag mal.
Wie wäre es, wenn du uns hilfst, miteinander zu reden?
Was?
Irgend-wie hast du...
... so eine objektive Art.

Wieso vermittelst du denn jetzt zwischen den beiden?
Hm?
Wir dachten, du lässt die Finger davon.
Ach so?
Ich möchte mir mehr Gedanken darüber machen.
Wo-rüber?
Was Liebe ist.
Darüber.

In meiner Welt gibt es keine Romantik.
So viel habe ich verstanden.
Aber ich...
... bin genau deshalb nach Tokyo gekommen. Um die vielen verschiedenen Herzensangelegenheiten besser zu verstehen.
Mich damit nicht zu beschäftigen, nur weil ich mich als asexuell identifiziere...
... fühlt sich falsch an.
Die anderen durchleben die Achterbahn der Gefühle in Sachen Liebe.
Ich gar nicht. Deshalb verstehe ich sie auch nie, wenn sie darüber sprechen.
Ich möchte niemanden durch meine eingeschränkte Sichtweise und Worte in diesem Gebiet verletzen. Wie bekomme ich das hin?

Ich möchte die Liebe verstehen.
Ich bin wirklich neugierig.
Ihr wolltet mich doch auch besser verstehen...
... und so geht es mir jetzt ebenfalls.
Ich hatte wirklich Glück.
Denn wenn die Dinge anders gelaufen wären, hätte ich vielleicht nicht erkannt, wer ich bin. Ich wäre immer noch auf der Suche.
Deshalb sind meine Erkenntnisse so wichtig für mich und ich möchte an diesem Punkt nicht aufhören zu lernen.
...
Egal jetzt!
BA
MM..!!

Bitte beantwortet mir folgende Fragen!
Über die Liebe!
Schreibst du auf, was wir sagen?
Das ist alles vertraulich!
Oha.
Ich glaube, um romantische Gefühle zu entwickeln, brauche ich Geborgenheit und ein Gefühl von Sicherheit?
Aha, okay.
Für mich ist es Liebe, wenn man sich gegenseitig an neue Grenzen treibt.
Wie bei Rivalen, Meistern und Schülern oder Enemies-to-Lovers!
Sind das nicht deine Lesevorlieben?
Wie auf Papier, so im echten Leben!
Und... ab wann ist etwas für euch Betrügen?
Hmmm...
Wenn der Partner mit jemand anderem über längere Zeit eine sexuelle Beziehung hat... das wäre nicht okay...
Einen One-Night-Stand könnte ich verzeihen.
Wenn er mit einer anderen essen geht, selbst ohne Körperkontakt, wäre das ein No-Go!
Ich würde ihn skalpieren!
Aha...

...
Warum so am Schmollen?
Im Moment untersuche ich, was Liebe ausmacht.
Hä?
Für den Uni-Kurs?
Nein.
Ich...
... mag es nicht, von Leuten, die verstehen, was es heißt, normal zu sein, gesagt zu bekommen, was alles normal ist.

Denn selbst Leute, die die »Liebe« auf Anhieb verstehen...
... verstehen sie sie denn wirklich gänzlich?
Wenn ein Mensch, nur als Beispiel, einer Meerjungfrau erzählt, dass man an Land Luft atmet.
Dann hat er ihr zwar gesagt, was normal ist, aber noch lange nicht, wie es genau funktioniert.
Ich möchte in mir meine eigenen Worte finden...
... um zu verstehen, was Liebe ist.

...
Oh!
Sorry, ich habe eigentlich keine Ahnung, was ich da...
Nein...
... schon okay.
Sag Bescheid, wenn du es rausfindest.
Ja!
Für mich...
... ist Liebe...
... etwas, in das man eintaucht und dabei mehr über sich selbst erfährt.
Die guten wie auch schlechten Seiten von sich.

Was...
... bedeutet das alles?
Ich möchte gern hören, was du darüber denkst...
Deshalb bin ich hergekommen...
Hmpf...
Was hat er zu dir gesagt?
Er hat doch was gesagt, oder?
Ja.
Er hofft, ich könnte zwischen euch vermitteln.
Pah.
Wenn er's klären will, soll er lieber persönlich kommen.
So ein Idiot.
Na ja, ich hab eingewilligt, es zu machen.
Ich wollte dich gern verstehen, Nakagawa.
Bitte sag mir, wie es für dich ist.

...
FIXIER
Du...
... willst etwas über mich wissen?
Ja.
Hehe
Was denn?
Ähm, also... Es geht darum...
Für mich ist es Liebe, wenn mein Herz wie wild schlägt.
Die Glücks-hormone müssen nur so sprudeln!
Splash!
Ich will betrunken sein vor Liebe.
Zu zweit in einer eigenen Welt.
Dann könn-te ich glücklich sterben.
Das will ich!

Und ab wann ist es Fremdgehen für dich?
Ähm...
Wenn es zum Kuss kommt ...?
Oh?
Dann war also sein Händchenhalten mit der anderen Frau...?
Wäre doch dann okay?
...
Ich bin überzeugt davon, dass er mich betrügen wird, wenn ich nicht jetzt schon was sage und eine Szene mache.
Ich dachte, meine Tränen würden ihn dazu bringen, dass...
Psychotricks in der Liebe, und so!
...
Direkt psychologische Kriegsführung...
Ladevorgang...
Hä?
Würdest du kommen, wenn ich ein Treffen für euch zwei organisiere?
Wenn's mir gerade passt.
Lass die Spielchen bei mir!

…
Oha.
FWSHH
Wieso liegst du hier, Chika?
Ich brauchte eine Pause…
Systemüberhitzung…
Wieso das?
…
Es ist ganz schön schwierig, die Liebe in ihrer Essenz zu erfassen.
Sie ist für jede Person etwas anderes.
Jeder hat andere Vorstellungen und Grenzen.
Ist es überhaupt zu beantworten?

Eine Ant-wort?
Meinst du wirklich, so etwas Verzwicktes wie die Liebe lässt sich so einfach erklären?
Wie meinst du?
Im Moment geht es doch eher darum, einem zerstrittenen Pärchen zu helfen, oder?
Darauf würde ich mich konzen-trieren.
Zum Beispiel einen Weg zu finden, dass die beiden sich aussprechen, ohne sich dabei zu verletzen.
Es sollten auch die Punkte, die die beiden aneinander stören, geklärt werden.
Genau.
...
Wobei es echt schwierig wer-den könnte. Streit unter Liebenden ist oft vorpro-grammiert...

HOPP
Gut.
Ich bin nicht ganz sicher, aber...
... ich habe einen noch vagen Eindruck von der Liebe und ihrer Bedeutung bekommen...
Was?
TSCHICK
Und die Lösung?
Japp.
TAPP TAPP
Ihr werdet schon sehen!
Bis morgen!
...
Irgendwie...
... ist Chika total aufgetaut.
Mhm.

Drei Tage danach
Ähm, okay...
DING DING
Wir haben uns zur Beziehungsstatusbesprechung von Yuzuki Nakagawa und Yuya Sawai hier versammelt.
Ist es in Ordnung, die anderen beiden als unparteiische Beobachter dabei zu haben?
Hey!
Okay...
Bringen wir es hinter uns.
Was zur Hölle...?
Lasst mich als Initiatorin mit der Erklärung beginnen.
Lest gern auf dem Handout mit, das vor euch liegt.

Provisorisch habe ich »Romantik« oder eine »romantische Beziehung« hier definiert als eine Einwilligung zum Austausch von Liebe.
Prust...
(hoch vier)
Es beschreibt die Vereinbarung, sich gegenseitig mit Liebe in der Form, Menge und Qualität zu versorgen, wie es das Gegenüber braucht.
Ja, und weiter?
Dadurch wird eine Beziehung eröffnet.
Doch eigentlich werden vor dem Beginn einer solchen Partnerschaft die Bedingungen und Voraussetzung für diese geprüft.
Die zwei Anwesenden haben diesen Punkt vor dem Eingehen der Partnerschaft übersprungen und sind direkt in die Beziehung zueinander gestartet.

Ich bin überzeugt, dass hierin das größte Problem besteht.
Deshalb habe ich mich auf zwei Hauptfragen für heute konzentriert, um die Unstimmigkeiten aufzuklären.
1. Ab wann ist es Fremdgehen? 2. Wäre Fremdgehen ein Grund zum Schlussmachen?
TA
TAT
DA
AA
Kommen wir zum Punkt! Für mich beginnt Fremdgehen mit dem Küssen anderer, aber…
… wenn ich dich mit einer anderen Händchenhalten lasse, ist es nicht mehr weit bis zu einem Kuss! Du wirst mich zwangsläufig betrügen!
Das geht gar nicht!
Hä?
Ist das ihr Ernst?
Es kam zwar von mir, aber…
NICK
NICK

Wieso werde ich hier angepflaumt, wenn doch Fremdgehen erst beim Küssen anfängt und ich nur ihre Hand gehalten habe?
Das war doch dann in Ordnung, oder?
Beratung
Und?
Hmm.
Nein, also das...
Hier unsere Entscheidung.
Yuzuki. Bitte entscheide dich zwischen den folgenden Optionen. A: Für dich ist Küssen der Betrug, also verzeihst du ihm das Händchenhalten. Oder B: Deine Grenze ist das Händchenhalten.
Mist.
...
Antwort A...
Okay. Also trifft Yuya keine Schuld und er hat dich in diesem Fall nicht betrogen!
KRCK
Ich würde euch bitten, mir jetzt mitzuteilen, was für euch ein Betrug wäre. Als Richtlinie ab jetzt.
Sex ohne Gefühle wäre noch im Rahmen.
Gefälle
Ab dem Küssen!

Mir ist klar, dass für die Mehrheit so Sachen wie Sex wohl als Fremdgehen zählen.
Aber Ausrutscher wie ein betrunkener Kuss passieren eben.
Denk nicht an das, was für die Mehrheit gilt. Hier geht es nur um das Empfinden von euch zweien.
Außerdem dürfen wir offiziell noch nicht trinken.
Ein Vorschlag
Sex ist tabu, Küssen ist erlaubt.
Nein, keins von beidem!
Küssen ist für jeden schon Fremdgehen!
Lasst uns Worte wie »jeden« oder »normal« und so nicht benutzen.
Küssen geht gar nicht! Überhaupt nicht! Trennung!

Ich verstehe, das heißt…
… entweder Yuya hört auf, andere zu küssen, oder Yuzuki akzeptiert, dass Küssen noch kein Fremdgehen ist. Diese Entscheidung wird darüber bestimmen, ob ihr zusammenbleibt oder lieber Schluss macht.
Danach…
Du Idiot!
Als wir letztens miteinander geschlafen haben, da…
Wehe, du sagst noch ein Wort darüber!
… wurde die Diskussion nur verworrener…
Du Depp! Du elender…!
Notfallpfeife → PIIIPIEP
Keine Beleidigungen!
BAMM
Keine Gewalt!
Aufpasser!
Zu Diensten! Ruhig ruhig
Eine Stunde später
Ähm…
Wir sollten Freunde bleiben…
Wie…?
Völlig erschöpft…

Ach, was soll's...
Es war wahrscheinlich eh ein Fehler, diese Beziehung einzugehen ohne zu wissen, was wir für Erwartungen daran hatten.
Ich fühl mich klarer.
Ich bin irgendwie mitgerissen worden...
Eigentlich ist es mir lieber, wenn ich jemanden wirklich mag, ihr das auch offiziell zu sagen.
Das fühlt sich richtiger an.
...
Ähm...
... aber...
SCHOCK
Nein.
...
Ich habe versagt?
Habe ich das Schluss-machen provoziert, weil ich...
Chika.
ZUCK

Entschuldige.
Ich habe dich in diesen ganzen Schlamassel mit reingezogen.
Wie auch immer ...
Ich bin erleichtert, dass wir uns nicht im Bösen trennen.
Meinerseits nicht.
Hm, ja.
Wir wollen unterschiedliche Dinge.
Als du mit unserer Beziehungsvereinbarung anfingst, dachte ich nur »Oh, Hilfe!«.
Aber es fühlt sich gut an, es bearbeitet zu haben.
Du kamst ...
... wahrscheinlich auf diese Methode, weil du eine Außenperspektive auf uns hattest, oder?

Es gibt wohl mehr als eine Sicht auf die Welt.
Das ist faszinierend.
Na ja, vielleicht nicht faszinierend, aber...
...
Wobei ich auch gern noch länger die Gefühlsachterbahn der Liebe gefahren wäre...
Jetzt ist die Luft raus.
Ähm...
So... Sorry...
Nein, nein.
Ich muss mich entschuldigen.
Dass ich immer gesagt habe, dass man nur durchs Küssen herausfinden kann, ob man jemanden mag.
Ich sag so Sachen schon immer und wurde für meine romantische Ader häufig von anderen aufgezogen.
Das mag ich an mir nicht...
Du...
... solltest Leute, die dich ärgern, ignorieren.

Ahaha.
Sie machen es zu Recht, ich sag so was schließlich.
I...
Ich wurde immer damit verspottet, dass ich prüde oder zu anspruchsvoll sei.
Ich habe aber beschlossen, solche falschen Freunde zu ignorieren.
Ich lasse mich nicht darauf ein zu denken, mit mir stimme etwas nicht, nur weil die das so sehen.
Ich werde also keine Therapie machen.
Weil ich so was aktuell nicht brauche.
...
Oh.
Hm.
...
Ich wollte damit wohl sagen, dass dein Leben als Erwachsene erst begonnen hat, oder so...
War mein Kommentar unangebracht?
Na ja, ja...
Schon.

Ich dachte, wenn du jetzt schon entscheidest, dass du dich nicht verlieben kannst... entgehen dir vielleicht ein paar coole Chancen.
Wieso nicht einfach neutral bleiben und das Beste aus dem machen, was kommt?
Quasi als würdest du keine Zombiefilme mögen, obwohl du noch nie einen gesehen hast.
Es könnte ja sein, dass sie dir gefallen, wenn du nur einen guckst.
Trotzdem.
Im Moment will ich es so.
...
...
Hm.
Das ist... ... vielleicht wahr.

Schon okay, wenn du es nicht nachvollziehen kannst.
Ich habe verständnisvolle Menschen um mich.
Denen ich dankbar bin, dass sie für mich da sind.
...
BRZZL
Juchu!
Wir sehen uns demnächst bei einem Essen wieder!

Aha.
Die zwei haben also Schluss gemacht.
SCHRUMPF
Ja...
Das war echt speziell, wie du das angegangen bist.
Meinst du, ich hab's schlimmer gemacht?
Aber ...
... sie beide mochten es, in einer Beziehung zu sein. Umgeben von Romantik und all dem.
Auch wenn es endlich war, haben sie die Zeit genossen.
Durch mein Eingreifen habe ich das Ende nur beschleunigt.
Klingt eher so, dass sie, selbst wenn sie sich hätten zusammenraufen können, wahrscheinlich letztlich Schluss gemacht hätten.
Ähm...
Sie haben doch zugegeben, keine tieferen Gefühle füreinander zu haben, nicht?

Kann sein...
Aber es ist doch gut ausgegangen, wenn sie noch befreundet sein können, ohne sauer aufeinander zu sein.
Aus Liebe kann nach einer Trennung schnell Hass werden.
Meister Ume.
Was?
Ist das ein Versuch, mich aufzuheitern?
Tsk.
Als ob...
...
Vielleicht.
Du erinnerst mich vielleicht ein wenig an mein früheres Ich.
Oh?

Ich hatte...
... diese Situation mal mit einem geliebten Menschen ...
... und es ging schlimm auseinander.
...
Denn ich hatte mal...
... eine Beziehung.

Is Love the Answer?

Kapitel 6

Willst du mein Freund sein?
…
Ach, Mann…
Es ist raus.
Hm?
Als Junge wollte ich dich zuerst fragen…
Hihihi.
Ama-miya.
Ja?
Gehst du mit mir auf ein Date?
Ja! Und diesmal gibst du den Ton an!
Jepp.

Damals glaubte ich wirklich, ein ganz normaler Kerl zu sein, wie jeder andere auch.
Was? Du hast 'ne Freundin, Mitsuru? Ist sie süß? Hat sie Holz vor der Hütte?
Schnauze, Zwerg.
Wann besorgst du's ihr? Du hast doch Kondome, oder?
FWOMP
Hab ich nicht! Ich leih mir welche von dir, wenn's so weit ist.
Du bist so langweilig.
Aber du hast Bock, es ihr zu besorgen, oder?
ADULT
Klar, so wie jeder andere...?
Wir reden dann noch mal, wenn du's getan hast.
Ich hatte sexuelle Bedürfnisse und stand auf das andere Geschlecht...

Ich konnte mir nur nicht vorstellen, es mit irgendjemandem zu tun.
Ich glaubte zu dem Zeitpunkt jedoch, dass es sich natürlicherweise in diese Richtung bewegen würde.
Als Kerl ...
... verliebt man sich ...
... hat Sex mit seiner Freundin...
... und quatscht mit seinen Kumpels darüber.
Ich glaubte daran, dass man so zu sein hatte.
Mein Traum?
In einem Hotel in Yokohama mit Sicht auf die Brücke in der Bucht zu übernachten.

Lass uns jobben und Geld dafür verdienen!
In einem halben Jahr ist mein Geburtstag.
Ja?
Äh...
Klar...
Oh, das klang nicht überzeugend. Schwör drauf!
Amamiya ist hübsch.
Es macht Spaß mit ihr.
Warum kann ich nicht aufhören...
»Ich wünschte, sie würde nichts von mir erwarten«
... zu denken?
Wo ist dein Problem? Sie zeigt dir nur, dass sie es will.
Du willst nicht, dass sie Erwartungen an dich hat? Wieso gehst du dann überhaupt mit ihr, wenn du nicht auf Sex aus bist?

Denkst du echt so...?
Du bist so ver-klemmt.
Probier's doch einfach. Du kannst nur gewin-nen.
Oder sie läuft dir weg.
Du darfst Frauen nicht zu lang warten lassen!
...
Kann ich bald mal zu dir nach Hause kommen?
Hallo!
Komm doch rein.
Ist sonst keiner da?
Irgend-wie nicht.
Oh, ich hol uns Saft.

Das ist ganz schön flauschig...
Hihi, es hält schön warm.
Außerdem...
... stehen Jungs auf so was, oder?
Klar...
Welcher Kerl nicht?
An das, was folgte, erinnere ich mich kaum.

Ich weiß nur noch...
... dass ich schnell, ganz schnell...
... damit fertig werden wollte. Das war mein einziger Gedanke.
Sorry.
Wie...
Wa...
Wa-rum?
Mein Fehler, ich mag dich wohl eher nur als gute Freundin...

BAT
SCH
Was soll das?
Hättest du das nicht früher sagen können?!
Das musst du doch gemerkt haben!
Bin ich seltsam?
Ist das unnormal?
KLACK
SST
SST
...
FWUMP
Urgh ...

Es ist okay so.
Ich bin okay so.
Ich ...
... bin ein normaler...
... Kerl.
»Er soll unheimlich viele Mädels verschleißen.«
»So ein Arsch.«
»Amamiya war auch nur gut genug für Sex.«
»Widerlich!«
Ich hatte innerlich...
... keine Übereinstimmungen mehr mit den Vorstellungen von einem echten Mann.
Ich versuchte, es durch Sex mit anderen zu überbrücken, doch die Diskrepanz wurde immer größer.
Ich hab's verbockt.
Mein Sozialleben litt.
Ich habe so viele Fehler begangen, bevor ich Prof Ishii traf.
Das kann ich nie wiedergutmachen, egal wie sehr ich es versuche.

Ich beneide dich.
Dir geht es besser als mir.
Ich dachte, du würdest mich ausschimpfen...
... weil du dir Sorgen um mich ...
Falsch.
Ich war genervt von dir.

BADUMM
Weil du dich selbst so früh verstanden hast und Freunde um dich hast, die sich in dich einfühlen.
BA…
Auch wenn du Fehler gemacht hast, warst du in der Lage, sie selbst zu beheben.
…DUMM
Darauf bin ich neidisch.
BA…
…DUMM
…
Ume.
Wie willst du jetzt weitermachen?
Wie gemein.
Gute Frage.
Ich will niemandem zur Last fallen.
Darum wird es das Beste sein, wenn ich nach dem Abschluss aufs Land rausziehe und ein Leben alleine führe.
So gemein.

Man kann doch die Leben von Menschen nicht so vergleichen.
Das ist total gemein zu sagen: »Du hast es so viel besser als ich. Mein Leben ist verpfuscht.«
Wenn einem so etwas ins Gesicht gesagt wird...
... was sollte ich denn darauf erwidern?
BWWT
Chika! Ewig nicht geschrieben! Wir haben uns seit dem Schulabschluss nicht mehr gesehen. Magst du dich auf einen Kaffee treffen?
...
Chika!
Wie schön! Geht's dir gut, ja?

Stimmt, lange nicht gesehen...
Du bist so stylisch unterwegs, Chika! Das macht Tokyo wohl mit einem.
Moment...
Du wohnst doch auch hier, Rika!
Es soll ein Klassentreffen geben! Sie wollen wissen, wann wir wieder zu Hause sind.
Oh, ähm...
Ich lass das lieber aus...
Warum?
Hm...
Weil du keinen Bock auf den Liebesklatsch hast?

Äh...
Oh!
Weißt du, ich wollte damals unbedingt Freundinnen haben.
Ich fand es schade, dass wir nur wegen unseres Alters und Wissens in einer Klasse waren.
Darum kam ich immer mit dem Liebesthema um die Ecke, womit alle was anfangen konnten.
Um ehrlich zu sein... Ist es mir auch unangenehm, über echte Liebesdinge zu reden.
Wa...? Mom...? Echt jetzt?!
STAUN
Ahhh!
Jetzt ist es raus.
Ich habe damals ganz viele Selbsthilfebücher gelesen, um so tun zu können, als wisse ich Bescheid.
An der Uni lernte ich neue Leute kennen und plötzlich funktionierten Freundschaften auch ohne das ganze Liebesgequatsche.
Dann dachte ich an damals. An dich, Chika.
Ich habe dich wohl zu sehr in eine Beziehung gedrängt...

Es tut mir leid.
Was, das kannte ich noch gar nicht.
Ich wusste nicht mal, dass es so Menschen gibt.
Hm, weißt du...
Ja?
Ich...
Ja...
Es gibt auch welche, die nicht er-kennen, dass sie asexuell sind.
Ich habe eine Mentorin an meiner Uni, die zu LGBT-QIA+-Themen forscht. Magst du sie mal treffen?
Wirk-lich?
Ja! Sie organisiert Treffen und so was.

Wie ein Club?
Trauma aus Kapitel 1
Chika! Du musst mehr zu diesem Thema und deinen Erfahrungen machen und darüber sprechen!
Wenn du den Leuten das Ganze richtig erklärst, werden viel mehr Verständnis zeigen und dein Leben wird einfacher.
Mehr erklären?
Oh, das ist...
... dann aber wie ein Coming-out, oder?
Oh, stimmt. Ähm...
Vielleicht kannst du es anonym machen?
Ganz so, wie du von nun an damit umgehen magst, Chika.
Tut mir leid...
... ich war so euphorisch bei der Sache.
...

Wie ich von jetzt an...
... mein Leben leben will?
Du wirst zu diesem Treffen gehen? Ist ja cool!
Klingt spaßig!
Die Partypeople...
Jein, ich hab Angst vor den neuen Leuten...
Lass dich drauf ein!
Ohne Alkohol sollte doch nichts passieren.
Einzelne Treffen von Angesicht zu Angesicht.
Hnggg!
Ange ...
... Angesicht zu Angesicht ...
Das sollte gehen ...
KNEIF
Das wird kein Boxkampf, hallo?
fürsorglicher Rat
Lauf, so schnell du kannst, wenn sie dir was Zwielichtiges verkaufen wollen.
Oh... Okay.

Ein-LGBTQIA+-Abend
Sch... schön, dich kennenzulernen!
Gleichfalls.
NICK NICK
Im Moment bin ich...
HANAI @Har
Das ist mein erster Pos
aufTwitter, hallo!
Waah.
PLING
Ein Follower!
Erstentwurf für einen Blogartikel
Über die sexuelle Orientierung namens Asexualität, von Hanai
Hallo, mein Name lautet Hanai. Ich bin Unistudentin im ersten Jahr und identifiziere mich als asexuell.
Fertig!
Drei Tage später
Ich bin online über deinen Artikel gestolpert, in dem ich das erste Mal über Asexualität las. Ich glaube, ich gehöre auch zu dem Spektrum. Bin mir aber nicht sicher... Ich hoffe, noch mehr von deinen Berichten darüber zu lesen!
Ich bin gerührt...!
Wow!

Ich würd dich so gern treffen und reden!
Viel Spaß!
Bis dann!
Dann machen wir das!
Schön, dich zu treffen.
Danke fürs Kommen!
Meine Welt wird immer größer.
Es gibt so vieles, das ich nicht wusste oder verstand.
Und das ich nie nur aus Büchern hätte erfahren können.
Es ist alles so aufregend...
KLACK
Bin wieder da.
Oh!
Ume, du bist es!
Ähm...
Hatte das Gefühl, dich länger nicht gesehen zu haben...
Du hast ganz schön Farbe bekommen!

Wo warst du so?
Oben in den Bergen.
Für euch.
Miso.
Ich war alleine campen.
In den Bergen?!
Auf dem Berg ...
»Ich will zurückgezogen leben.«
Will er sich auf sein Leben als Einzelgänger vorbereiten...?!
Ume!
Was?
Wenn du willst, kannst du das erste Zimmer haben!
Ach...
BRBRR
... nicht nötig.
Egal.

SCHOCK
...
STARRE...
Was soll das werden...?
Was ist los mit ihm?! Sonst hat er immer einen bissigen Kommentar abgegeben!
Wieso macht er so einen zufriedenen Eindruck, nachdem er seine Vergangenheit bei mir abgeladen hat?
Ähm, Prof...
Hm?
Haben Sie kurz Zeit?
Es geht um Ume...
Ah.
Sollen wir in den Kinoraum?
Wie war Ume so, als er gerade an die Uni kam?

Er schien sehr darauf bedacht, mit niemandem in Kontakt zu kommen.
Er arbeitete sehr viel nebenher und schwänzte die Kurse.
Da schlug ich vor, dass er hier einzieht. Und anstatt Miete zu zahlen die anfallenden Hausarbeiten erledigt.
Er hatte nicht viel, weil er ganz alleine in die Stadt kam.
Ganz alleine?
Weißt du es von ihm?
Warum er aus seiner Heimat weg ist?
Ja.
Wegen seiner Bindungsprobleme...
Männer haben stark und dominant zu sein, um Männer zu sein.
So waren seine männlichen Vorbilder, und er versuchte, so zu sein.
Aber er gehörte nie zu dieser Sorte Mensch.

Ich denke, er wollte sich der Norm, die dir ein Dorn im Auge ist, beugen und angepasst leben.
Das hat wohl nicht für ihn funktioniert.
Ume sagte, dass er nach dem Uniabschluss in die Berge ziehen will.
Oh, das ist doch gut für ihn. Er sucht ein ruhigeres Leben für sich, hm?
Es ist gar nichts gut daran, alleine zu leben!
Das kann nicht gut für ihn sein, oder?
Warum nicht?
Wenn er das so für sich entschieden hat, wieso regst du dich darüber auf?
Du willst nur das Beste für ihn?
So reden nur Menschen, die alles in ihrer Umgebung kontrollieren wollen.
Dir sollte bewusst werden, dass du nicht willst, dass er geht. Und es ihm offen sagen. Meinst du nicht?

ERRÖT
Oh...
...
...
Ge-nau.
Viel Erfolg.
Was auch immer passiert, bereue nichts.
Ich glaube an dich, Chika.
TSCHIRP TSCHIRP
BRRMM
PIEP
KLONK

STILLE
Haaah...
Guten Morgen.
Garten-arbeit?
Was, hilfst du mir etwa?
Ja.

Wenn wir schon dabei sind. Wieso übernimmst du nicht alle meine Pflichten?
Direkter Übergang.
Das Zimmer wird billiger.
Ähm...
Das passt mir eher nicht so...
Nicht für immer jedenfalls.
STILLE
Soll das heißen, meine Aufgaben sind nicht wichtig?
Hmmmm?
Das meinte ich nicht.
Wenn ich deine Aufgaben ernsthaft übernehmen soll, schreib mir eine Anleitung und zeig's mir.
SWIRL
Also...
... verschwinde bitte nicht von heute auf morgen, ja?
Es...
... gibt noch so viel, das ich von dir lernen möchte.

Das ist ein Kinder-spiel.
Du jätest den Rasen und gießt ihn...
Das meinte ich nicht!
Weil ich...
... so bin, wie ich bin...
... hatte ich nie Interesse an zwischen-menschlichen Beziehungen.
Ich mache lieber einen Rückzieher, sobald Gefühle aufkommen, als es im Chaos enden zu lassen.
Aber...
... alleine bekomme ich nichts hin.
Hey, du bist nicht mehr alleine.
Du hast doch Freunde.
Und Prof Ishii.
Und trotzdem!

Nur du hast mir gesagt, dass ich selbstständig über mich nachdenken solle.
Ich selbst wäre...
... niemals auf solche Gedanken gekommen.
Was wird das?
Ein Geständnis?
Mach dich nicht lustig!
Ich weiß, dass du alleine und unabhängig sein willst.
Dass du am liebsten an einem abgelegenen Fleck leben würdest, ohne eine Menschenseele zu treffen.
Doch das will ich nicht für dich. Das macht mich traurig!

Ich wünsche mir, egal wo es dich hin verschlägt, dass du dich bei mir meldest.
Und...
... mir dann immer noch Ratschläge gibst.
...
Uff, eine ganz schöne Bürde.
Wa...!
SCHOCK
STARRE
Hä? Wieso bist du über-rascht?

* Bezeichnung für eine enge emotionale Beziehung ohne romantische Gefühle füreinander

Ich hätte selbst nie gedacht, so etwas zu sagen!
Worte sind von Menschen geschaffen und haben dadurch auch Grenzen.
Ehrlich gesagt beschreibt das Wort »asexuell« nicht völlig, wer ich im Innersten bin.
Ich identifiziere mich vielleicht als asexuell. Aber das kann nicht mein ganzes Ich umfassen oder beschreiben.
Ich bin Chika Hanai.
Asexuell.
Achtzehn Jahre alt mit Blutgruppe A.
Auch wenn ich keine Ahnung davon habe, möchte ich Psychologie studieren.

Ich weiß und versteh gar nichts. Deshalb brauche ich dich, Meister Ume!
Ich brauche fiese und ehrliche Ratschläge von jemandem wie dir. Der schon tausend Fehler begangen und alles verbockt hat.
...
Soll mir...
... das schmeicheln?
Nein, soll es nicht!
Hä?
Es ist kein Kompliment.
Es ist ein Fakt.

Ich brauche den Ume, der supercool und lässig ist. Der vorgibt, noch nie einen Fehler gemacht zu haben.
Darum will ich nicht, dass du verschwindest, ohne mir etwas davon zu sagen!
...

Ich verschwinde gleich, weil du so hartnäckig bist...
Ich hör damit auf!
Du bist es gerade.
Nur noch heute!
Ferris Zimmer wäre schon toll...
Ferris
Ich wäre überglücklich bei einem Tausch.
Unserer Zimmer
Argh...!
Wir tauschen heute Abend.
Mitsuru Umezaki.
Hör auf, mich Meister Ume zu nennen.
Denk dir was anderes aus.

Von jetzt an...

Ich...
... denk drüber nach.

Alleine hätte ich niemals so viel verstanden.
All die anderen halfen mir auf diesem Weg.
Da ist keine Romantik zwischen uns.
Oder Liebe.
Ich weiß nicht mal, ob wir Freunde sind.

Es ist eine Beziehung, für die es keine Worte gibt.
Das ist etwas ganz Besonderes und Schützenswertes.
Denn...
... die Welt ist gefüllt mit solchen Einzigartigkeiten.
Ende

Oh! Es ist Kimijima aus meiner Schulzeit!
Hey, Chika!
Wow, in uniform...
Hallo, ich bin's, Chika.
Ging dir doch genauso.
Hihi.
Du hattest es nicht leicht mit mir, oder?
Im ersten Kapitel bin ich noch ganz schön nervös.
... anstatt direkt ein Zeitlimit von zehn Minuten festzulegen.
Aus unserer jetzigen Perspektive hätten wir uns einfach zusammensetzen sollen...
Normal.
Gesunder Menschenverstand
Ich mag's selbst nicht, Zeitdruck beim Chatten gemacht zu bekommen.
Auch wenn die Worte verlockend sind, Vorsicht.
Fragt immer nach einer verbalen Zustimmung, bevor es losgeht.
Auch schon bei leichten Berührungen...
Auch direkt Sex zu erwarten, nur weil die Freundin zu einem nach Hause kommt, ist totaler Schwachsinn.
Sucht mal nach einem Video namens »Tea and Consent«, das mithilfe einer Tasse Tee das Konzept von sexueller Einwilligung anschaulich erklärt.
Das ist als Bonuserklärung gedacht, da ich nach dem Veröffentlichen des ersten Kapitels sehr viele Fragen zu diesem Thema bekommen habe. Gerade die Dinge, die man tut und manchmal nicht weiß, dass sie falsch sind.
Ich bin froh, dass wir uns jetzt noch mal getroffen haben. Danke fürs Gespräch!
Ich bin mir nicht mal sicher, ob wir auch dann zusammengekommen wären, wenn wir in dieselbe Klasse gegangen wären.
Was geht?

Was ist Asexualität?

Asexualität ist eine sexuelle Orientierung, die eine Untergruppe der LGBTQIA+ bildet. Als asexuell werden Personen bezeichnet, die kein sexuelles Verlangen nach anderen haben.

- Manche Personen, die sich als asexuell identifizieren, haben zwar kein sexuelles Verlangen, können sich aber in jemanden verlieben oder romantische Gefühle entwickeln (alloromantisch asexuell).
- Es gibt asexuelle Personen, die Sex haben können, ohne sexuelles Verlangen zu verspüren. (Zum Beispiel, wenn sie ihrem Partner zuliebe Sex haben. Manche haben eine starke Abneigung gegen sexuellen Kontakt. Daher kommt es immer auf die individuellen Präferenzen an, ob eine asexuelle Person auch Sex haben kann.)
- Wieder andere asexuelle Personen haben ein gewisses sexuelles Verlangen, wollen dem aber nicht mit anderen Personen nachgehen.

er hier zum Beispiel →

Umso länger man sich mit dem Thema Asexualität beschäftigt, desto schwieriger ist die Vorstellung, zwei Personen mit den gleichen asexuellen Orientierungen zu finden. Deshalb ist es mir wichtig, dass Chika nicht für den einen asexuellen Typus steht. Sie ist eine winzige Facette der vielen möglichen Formen von Asexualität.

Chika hat sich noch nie in einen anderen Menschen verliebt, aber sie hat einen Lieblingscharakter in einem Anime.

Das heißt aber nicht, dass sie sich eine Beziehung zu dem Charakter vorstellt oder gar in ihn verliebt ist. Deshalb ist es wohl auch keine romantische Anziehung …

Chikas Asexualität

- Aromantische Asexualität
- Sie nimmt sich als weiblich wahr, auch wenn sie sich manchmal geschlechtslos fühlt (in Japan wird dazu X-Gender gesagt).

ihr Spektrum von weiblich zu geschlechtslos

- Kein Interesse an Sex
- Keine Libido in Bezug auf sich selbst oder andere
- Sie möchte eine platonische Beziehung zu einem Partner haben (wobei sie sich bei dem Wort »Partner« noch nicht sicher ist).

Hier habe ich eine Kostümtransformation mit Hose gezeichnet.
Eclair
Sofie
Charakterdesigns für »Magical Girl Rosette«

Charakterdesigns für »Magical Girl Rosette«

Eines Tages
WAMM
Was ist es diesmal?
ZZZT
Ich weiß es nicht genau, aber ich musste es kaufen.
Oha, du lebst in Prof Ishiis Haus? Da sind einige bestimmt neidisch.
Meinst du? Wir haben noch Zimmer. Zieh doch auch ein!
Lass mal... Ach, nee.
Okay?
Muss nicht...
Wenn du den Gegner zu stark angreifst, fällt es auf dich zurück.
Ah, verstehe.
Sie haben angefangen, Brettspiele zu spielen.
Regelwerk
TICK
TICK
Was macht ihr da?
Stimmungskiller
Oh, Professor.
Mit dieser Person ist es unmöglich, ein spannendes Spiel zu haben.

Ich mach euch das beste Curry
Natürlich schmeckt es.
Wow,
lecker!
Mhhh!
Ey, verschandelt mein Curry nicht mit euren Toppings!
SCHOCK
Ich schwöre auf Parmesankäse.
PITSCH
PLATSCH
Ich bevorzuge mein Curry mit Worcestersoße.
kälteempfindlich
Trägt einen Pulli mit Mantel im späten Frühling
Ahhh, nein! Ich schaffe das alles nicht!
Du Spatzenhirn! Wenn du aufgibst, bevor es anfängt, haben wir verloren!
2 Nächte am Stück
Assistent der Mangaka
Du guckst heute gar nicht so angespannt drein.
HÖ?
Ach, echt?
Alles Dank der Magie des ersten Zimmers.

Nachwort

Hallo, ich freue mich, euch kennenzulernen. Mein Name ist Uta Isaki. Danke, dass ihr »Is Love the Answer?« gelesen habt. Ich wollte schon immer einen Manga über das Thema Asexualität zeichnen.

Der Grund, warum ich dieses Thema zeichnen wollte, ist ganz einfach. Ich habe das Gefühl, dass Asexuelle in anderen Werken oft so behandelt werden, als ob sie irgendwie weltfremd wären. (Natürlich mag es auch diese Persönlichkeiten geben.) Daher wollte ich etwas zeichnen, das aufzeigt, welche Hürden und Hindernisse mit der sexuellen Orientierung der Asexualität einhergehen.

Es gibt Teile von mir, die denken, dass ich asexuell bin. (Ich schwanke und wechsle manchmal zu anderen sexuellen Identitäten.) Ich habe in der Vergangenheit auch Probleme gehabt, weil ich nicht genau wusste, wie ich zu diesem Thema stehe. Auch das Geschlecht, mit dem ich mich identifiziere, war mir nicht bewusst.

Ich denke, weil ich mir über meine Sexualität und Geschlechtsidentität nicht sicher war, ließ ich mich in meiner Jugend leicht von äußeren Umständen beeinflussen. Wie Umezaki in der Vergangenheit, versuchte ich mein Leben nach den Werten meiner Umgebung zu leben und machte dabei große Fehler. Vielleicht habe ich sogar andere damit verletzt. (Wie zu sagen, Frauen sind immer dieses oder jenes in ihrer Sexualität . . .) Auch wenn ich selbst dem nicht glaubte, reproduzierte ich diese Sprachmuster. Mit der Arbeit an diesem Manga wollte ich mir und meinem vergangenen Ich sagen, dass es falsch war, wie ich vorher damit umgangen bin. Dass anders zu sein nicht automatisch eine Lösung oder Reparatur benötigt. Zum Abschluss hin habe ich das Gefühl, dass ich mir in vielen Dingen diesbezüglich viel sicherer bin.

Ich denke, dass die treibende Kraft des Bandes durch Chikas eigene Wissbegierde zustande kommt und dadurch, dass sie mit anderen in Kontakt tritt. Ich habe mich immer gefragt, wie eine Geschichte aussehen könnte, in der sich Asexuelle mit der Idee von Sex und Liebe auseinandersetzen.

Vielen Dank fürs Lesen meiner Geschichte.
01.03.2021 Uta Isaki

Besonderes Dankeschön an:
Nakaken und Nao Izumi!

Alle Bände mit türkisfarbenen Elementen auf den Seiten – nur in der 1. Auflage!
The Gender of Mona Lisa
Leben zwischen den Geschlechtern
Welches Geschlecht hat die Mona Lisa? War Leonardo da Vincis Modell wirklich eine Frau? Viele Mythen ranken sich um dieses Gemälde und man munkelt sogar, dass es beide Geschlechter in sich vereint…
Mit dieser Frage beschäftigt sich auch Hinase. Hinase lebt in einer Welt, in die alle Menschen ohne Geschlecht hineingeboren werden. Erst mit der Vollendung des zwölften Lebensjahrs entscheidet man sich, ob man ein Leben als Mann oder Frau führen möchte. Hinase ist schon 18 und hat sich immer noch nicht entschieden. Das ist für alle ein Problem, außer für Hinase…
The Gender of Mona Lisa
Tsumuji Yoshimura
1
HAYABUSA
SEIBETSU MONALISA NO KIMI E. © Tsumuji Yoshimura/SQUARE ENIX CO., LTD.
HAYABUSA
hayabusa-manga.de
HayabusaTweets
hayabusa_manga

my genderless boyfriend

TAMEKOU

Ein kunterbunter Feelgood-Manga über ein bezauberndes Pärchen, das sich über alle Geschlechterklischees hinwegsetzt! Meguru hat ein Händchen für alles, was kawaii ist! Wenn der Influencer mit dem farbenfrohen Genderless Style Make-up- oder Modetipps postet, kann er sich vor Likes kaum retten. Doch obwohl er sein halbes Leben mit seinen Followern teilt, wissen sie nichts von seiner großen Liebe, der hart arbeitenden Mangaredakteurin Wako. Wird es seinem Image schaden, wenn seine Fans erfahren, dass ihr Idol schon vergeben ist?

hayabusa_manga

hayabusa-manga.de

HAYABUSA

Eine der schönsten
Fantasy-Geschichten aller Zeiten!
Entdecke den Manga und Roman
Lonely Castle in the Mirror
Art: Tomo Taketomi
Story: Mizuki Tsujimura
Kokoro traut sich nicht mehr in die Schule – zu viel ist dort vorgefallen. Doch dann stellt sich ihr Leben auf den Kopf, als sie eines Tages durch ihren Schlafzimmerspiegel in ein mysteriöses Schloss gelangt. Dort sollen sie und sechs weitere Jugendliche den versteckten Schlüssel zu einem geheimen Raum finden, in dem nur einem von ihnen ein Wunsch erfüllt wird...
DER MANGA ZUM ROMAN
IN 5 BÄNDEN ABGESCHLOSSEN
Lonely Castle in the Mirror
ROMAN
HAYABUSA
DIE ROMAN-VORLAGE ZUM MANGA
Jetzt in den Manga reinlesen
KAGAMI NO KOJO©2019 by Mizuki Tsujimura/POPLAR,Tomo Taketomi/SHUEISHA
HAYABUSA
Hayabusa_Manga
HayabusaTweets

Is Love the Answer?

Einen Moment!

ist ein japanischer Manga, der originalgetreu von »hinten« nach »vorne« und von rechts nach links gelesen wird! Schlagt das Buch also »hinten« auf und blättert Seite für Seite nach »vorne« weiter! Auch die Bilder und Sprechblasen werden von rechts oben nach links unten gelesen, wie es in der Grafik gezeigt wird! HAYABUSA wünscht gute Unterhaltung!

HAYABUSA
2024 Carlsen Verlag GmbH
Völckersstraße 14-20 · 22765 Hamburg
Aus dem Japanischen von Cheyenne Dreißigacker
KIMI NO SEKAI NI KOI WA NAI

Covergestaltung: Sonnenfisch Production – Laura Bartels
Redaktion: Julia Liebetraut, Marisa Gregoric, Fidelia Thies
Herstellung: Lena Voigt

ISBN: 978-3-551-80365-8